CANDIDE

HATIER-DIDIER U.S.A., INC.
3160 O STREET, N.W.
WASHINGTON, D.C. 20007

▲ Voltaire, profil. Dessin (*Ph. Roger-Viollet*)

LES CLASSIQUES DE LA CIVILISATION FRANÇAISE

Collection dirigée par Yves Brunsvick et Paul Ginestier

VOLTAIRE

CANDIDE

Texte intégral

présenté par

Paul Vernière
Professeur à la Sorbonne

Edition revue et corrigée

Vis comme en mourant tu voudrais avoir vécu
(Confucius). Cité par **Voltaire**

TABLE DES ILLUSTRATIONS

© **Librairie Marcel Didier,** Paris 1972

Imprimé en France

ISBN 2-278-0087-X

TABLE DES MATIÈRES

21 novembre 1694

Naissance de François-Marie **Arouet**

à Paris

de François AROUET, Conseiller du Roi
et de Marie-Catherine DAUMART

.......1701. Mort de Mme AROUET.

| L'élève des Jésuites | (Collège Louis-le-Grand à Paris) → | 1704 |

L'étudiant en Droit→ 1711

Disciple du Temple (Fréquentation des
 Libertins→ 1715 Mort de Louis XIV.
Premier séjour à la Bastille.→ 1717 Régence jusqu'en 1723.
François-Marie AROUET prend le nom de
VOLTAIRE→ 1719
Deuxième séjour en prison à la 1725. Louis XV épouse Marie Leczinska.
Bastille
et EXIL A LONDRES.→ 1726 Funérailles de Newton à Londres.
 — 1728 : **La Henriade** (Dédiée à la Reine
 d'Angleterre).
 — 1732 : **Zaïre.**

« L'Ermite » de Cirey (Lorraine)... → 1734 — 1734 : **Lettres aux Anglais** ou **Lettres
 Philosophiques.**

 — 1738 : **Eléments de la Philosophie de
 Newton.**

...chez Mme du Châtelet jusqu'en→ 1744

L'historiographie du Roi de France → 1745

Election à l'Académie Française.→ 1746
 — 1748 : **Zadig.**
 1749. Mort de Mme du Châtelet.

Chambellan de Frédéric II, Roi de Prusse 1750

 — 1751 : **Le siècle de Louis XIV.**
 — 1752 : **Micromégas.**
 — 1756 : **Essai sur les mœurs.**
 — 1759 : **CANDIDE.**

Le Seigneur de FERNEY (Jura)→ 1760

 1762. Condamnation par le Parlement
 de l'**Emile** (J.-J. Rousseau).
 — 1763 : **Traité sur la Tolérance.**
 — 1764 : **Dictionnaire Philosophique.**
 — 1775 : Publication des **Œuvres complè-
 tes.**

 1778
Retour triomphal à PARIS→ (10 février)

Plus de 20 000 lettres...

30 mai 1778

VOLTAIRE

meurt à Paris, rue de Beaune

« Je meurs en adorant Dieu,
en ne haïssant pas mes enne-
mis, en détestant la supers-
tition. »

Voltaire.

Voltaire âgé,
dessin à la plume (Cl. Harlingue-Viollet). ▶

Godefroy Guillaume Leibnitz
né a Leipsic le 3 Juillet 1646
mort a Hanover le 14 Novembre
17 16.

◄ Leibnitz (*Ph. Roger-Viollet*)

LE PROBLEME DE L'OPTIMISME

Avant de lire *Candide* il n'est pas inutile de faire une mise au point sur le problème qui donne au conte son sous-titre et son sens.

● LE PROBLÈME AVANT VOLTAIRE

✦ *Sur le plan religieux,* le problème du mal a trouvé depuis longtemps sa solution.

La contradiction apparente entre l'existence d'un Dieu parfait, donc souverainement bon, qui aurait dû créer un monde excellent et heureux, et la constatation expérimentale du mal physique et moral a été résolue par la théologie grâce au péché originel : les hommes sont responsables du déséquilibre dans la création, du mal, de la souffrance, Dieu est innocent.

✦ *Mais la pensée philosophique* relaye*, dès le début du XVIIIᵉ siècle, la pensée religieuse. Existe-t-il une solution d'ordre rationnel ?

Après **William King** et **Bayle** c'est **Leibniz,** auteur des *Essais de théodicée sur la bonté de Dieu, la liberté de l'homme et l'origine du mal* (1710) qui propose une solution théoriquement satisfaisante.

Si l'on pose en principe que l'idée de chaque « *monade* », c'est-à-dire de chaque individu créé, est en Dieu, et que la volonté divine est le fondement de toutes les existences, d'une part, et d'autre part que « *tout possible tend à l'existence* », la création devient un problème d'équilibre et de maximum, et la combinaison totale est forcément celle qui possède le plus de réalité, c'est-à-dire la meilleure.

Il s'agit donc d'un optimisme très spécial qui reconnaît l'existence du mal dans les détails de l'univers mais considère qu'ils rehaussent* la beauté de l'ensemble. Ainsi, du point de vue du philosophe, « *tout est pour le mieux dans le meilleur des mondes possibles* » et nulle expérience ne saurait prévaloir contre cet optimisme *a priori*.

Chez **Wolff** (1679-1754) la doctrine s'épanouit dans un finalisme impénitent et naïf. Quant à **Pope**, dans son *Essay on man* (1732-34) il renchérit* encore sur **Leibniz**, puisqu'à ses yeux l'homme ne doit en aucun cas se mêler de juger la sagesse de Dieu : il doit se taire, éviter tout changement qui risquerait de détruire l'harmonie, songer non à son bonheur individuel mais à celui de tous les êtres. Ce monde n'est pas seulement le meilleur des mondes *possibles*, il est bon, absolument « *Whatever is, is right* ».

● **L'ÉVOLUTION DE VOLTAIRE**

✦ ***Première position optimiste*** à l'époque des ***Lettres philosophiques*** (1734), du ***Mondain*** (1736) et du ***Discours sur l'homme*** (1738). Sans bâtir de système Voltaire affirme que ce monde est bon à vivre, au prix de quelques efforts humains. Dans la 25e Lettre philosophique, il récuse Pascal « misanthrope sublime ». A ses yeux, d'un mal limité sort un plus grand bien, de l'ennui sort le goût de l'action ; « *penser que la terre, les hommes et les animaux sont ce qu'ils doivent être dans l'ordre de la Providence est, je crois, d'un homme sage* ».

✦ ***Premiers fléchissements***

— ***Zadig*** (1747) manifeste déjà quelques inquiétudes. Le héros a tout pour réussir : « *de grandes richesses... la santé, une figure aimable, un esprit juste et modéré, un cœur sincère et noble* » ; pourtant il connaît mainte vicissitude* et le dénouement heureux est bien factice*. Néanmoins la morale proclamée par l'ange Jesrad dans le chapitre de l'Hermite ressemble encore à celle de **Leibniz** : « *Les méchants sont toujours malheureux : ils servent à éprouver le juste ; il n'y a pas de mal dont il ne naisse un bien* ».

— ***Le monde comme il va*** (1747) donne à la vision de Babouc une conclusion ambiguë : « *Si tout n'est pas bien, tout est passable* ».

— dans ***Memnon ou la sagesse humaine*** (1749) le pauvre héros se soumet mal aux formules lénifiantes* de **Pope**, de **Bolingbroke** et de **Leibniz** : « *Eh mais, dit Memnon, certains poètes, certains philosophes ont donc grand tort de dire que tout est bien ? — Ils ont grande raison, dit le philosophe, de là-haut, en considérant l'arrangement de l'Univers entier — Ah ! je ne croirai cela, répliqua le pauvre Memnon, que quand je ne serai plus borgne* ».

— ***L'Histoire des voyages de Scarmentado*** publiée en 1756 mais composée dès 1747 offre une sorte de prototype de ***Candide***. Après avoir échappé à l'Inquisition, à un autodafé, aux guerres de Turquie, de Perse et de Chine, et aux corsaires d'Afrique, le héros conclut :

« *J'avais vu tout ce qu'il y a de beau, de bon et d'admirable sur la terre, je résolus de ne plus voir que mes pénates. Je me mariai chez moi, je fus cocu, et je vis que c'était l'état le plus doux de la vie* ».

Malgré ces restrictions de plus en plus nettes Voltaire n'a pas encore déserté le parti d'un certain optimisme en 1752, puisqu'il écrit dans ***l'Extrait de la bibliothèque raisonnée :***

« *Il y a beaucoup plus de bien que de mal sur la terre* ».

● **L'ACCÉLÉRATION DU PESSIMISME**

✦ ***La documentation en vue de l'Essai sur les mœurs*** révèle à **Voltaire** que « *l'Univers est une scène de brigandage abandonnée à la fortune* ».

✦ ***Le désastre de Lisbonne*** (novembre 1755) frappe son imagination. Il écrit à Tronchin, sous le coup de l'émotion : « *Cent mille fourmis, notre prochain, écrasées tout d'un coup dans notre fourmilière... Quel triste jeu de hasard que le jeu de la vie humaine !* ». Dans son ***Poème sur le désastre de Lisbonne*** il s'indigne avec force :

« *Ma plainte est innocente et mes cris légitimes* »

et conclut amèrement :

« *Un jour tout sera bien, voilà notre espérance,*

Tout est bien aujourd'hui, voilà l'illusion ».

✦ *La Guerre de Sept Ans* le hante* dans les années 1756-58. Les courriers d'Allemagne lui offrent des images sanglantes : « *Les ruisseaux de sang humain inondent les champs de bataille et les gémissements de tant d'expirants font horreur* ».

A ce propos de la **Duchesse de Saxe-Gotha** répond la conclusion de l'***Essai sur l'histoire générale :*** «*Qu'a donc produit le sang de tant de millions d'hommes, le saccagement de tant de villes ? Rien de grand, rien de considérable... Presque toute l'histoire n'est donc qu'une longue suite d'atrocités inutiles* ».

✦ D'ailleurs, si les calamités* d'ordre général ont sur lui un tel retentissement, c'est souvent « *par le biais des déceptions personnelles et des humiliations qui les ont accompagnées* »

(Van den Heuvel).

On assiste au début de 1758 à une sorte de « déroute » du philosophe : sa fortune est menacée, il est déçu définitivement par Frédéric II, en disgrâce près du roi, en démêlés avec les pasteurs de Genève, blessé dans sa vie sentimentale. C'est vraiment sur le plan personnel un « *hiver infernal* ».

● NAISSANCE DU RYTHME POLÉMIQUE PROPRE A CANDIDE

✦ Même au temps où **Voltaire** pratiquait encore un optimisme pratique, il ne montrait nulle sympathie pour l'optimisme systématique de **Leibniz** auquel l'avaient initié les ouvrages de Wolff envoyés en 1736 par **Frédéric,** alors prince héritier de Prusse. En 1739 lorsque **Mme de Chatelet** s'était laissée convertir par le leibnizien **Koenig, Voltaire** restait fidèle à la *Métaphysique de Newton* et déclarait : « *Toute la théodicée de Leibniz ne vaut pas une expérience de Nollet* ». En 1744 cette répugnance pour les chimères* germaniques apparaît dans sa polémique* avec **Martin Kahle** dont il condamne l'a-priorisme et l'optimisme béat dans sa *Courte réponse aux longs discours d'un docteur allemand.*

✦ Mais après 1755 **Leibniz** devient vraiment sa tête de turc* et le fameux système l'ordre habituel de référence ironique lorsque **Voltaire** dialogue avec des esprits imperméables à l'expérience :

— **Jean-Jacques Rousseau** qui, dans sa célèbre lettre du 18 août 1756 s'élève contre le *Poème sur le désastre de Lisbonne,* et, pauvre, malade, malheureux, n'en défend pas moins la Providence par des arguments irrationnels : « *Je le sens, je le crois, je le veux, je l'espère* ».

— **La Duchesse de Saxe-Gotha** qui a « *le tic d'aimer, d'idolâtrer la Providence* », même après un tremblement de terre dans ses états (« *plus que jamais, Monsieur, je trouve que tout est bien* »), même après la mort de son fils (« *je continue de crier tout est bien d'une voix lamentable* ») et qui, devant les horreurs de la Guerre de Sept Ans, admire toujours « *les décrets divins de cette bonne et sage Providence* ».

En face de tels abus, la correspondance des années 1756-58 adopte volontiers le rythme ternaire* qui animera *Candide :*

1) *« Tout est bien »* : affirmation a priori.

2) *« Tout va mal »* : constatation d'expérience.

3) **Suggestion ironique sur l'absurdité de l'optimisme à tout prix.**

ARRÊT
DU CONSEIL D'ÉTAT
DU ROI,

QUI ordonne la suppreſſion des trente premiers Volumes de l'Ouvrage ayant pour titre : Œuvres complètes de Voltaire *; de l'Imprimerie de la Société Littéraire Typographique,* 1784.

Arrêt du Conseil d'Etat contre les œuvres de Voltaire
(*Ph. Chaumien*)

GENÈSE DE CANDIDE

FAITS BIOGRAPHIQUES ET HISTORIQUES		FAITS LITTÉRAIRES
Lecture des Œuvres de **Wolff,** disciple de **Leibniz.**	1736	
Kœnig, philosophe leibnizien converti au château de Cirey, Mme du Châtelet : lecture de la *Théodicée.*		
	1739	*Les voyages du baron de Gangan*
Attaques contre le leibnizien **Martin Kahle.**	1744	*Courte réponse aux longs discours d'un docteur allemand.*
	1748	*Zadig, Babouc.*
Voltaire quitte Berlin (le 26 mars)	1753	Composition de *Scarmentado.*
Arrivée aux Délices près de Genève.	1755	*Epitre : l'auteur arrivant dans sa terre près du lac de Genève.*
Voltaire apprend la nouvelle du tremblement de terre de Lisbonne (24 novembre)	1755	
	1755	*Poème sur le désastre de Lisbonne* (décembre).
Début de la Guerre de Sept Ans	1756	*Lettre de J.-J. Rousseau à Voltaire pour réfuter son poème.* 18 août.
	1756	*Réponse de Voltaire.* 12 septembre. Publication de *Scarmentado.*
	1756-57	Correspondance sur la guerre avec la duchesse de Saxe Gotha.
Exécution de l'amiral Byng (le 14 mars)	1757	
Défaite française à Rossbach (5 novembre)	1757	
Prise de Breslau par Frédéric II le 3 janvier (l'abbé de Prades est fessé)	1758	Chapitres sur l'Amérique dans *l'Essai sur les mœurs* (fin janvier). Rédaction probable des premiers chapitres de *Candide.* (24 février).
	1758	Représentation de *Fanime* à Lausanne (Histoire de la vieille).
Arrivée à Schwetzingen chez l'électeur palatin Charles Théodore (16 juillet).	1758	La première copie de *Candide* est élaborée par le secrétaire Wagnière.
Départ de Schwetzingen (7 août)	1758	
La comtesse de Bentinck arrive de Venise et séjourne en septembre aux Délices.	1758	Rédaction de l'exemplaire de *Candide* destiné au Duc de la Vallière.
Acquisition du domaine de Ferney (14 octobre)	1758	*L'Esprit* d'Helvétius (voir l'épisode de l'esclave noir) est lu par Voltaire (18 octobre).
	1758	Ultimes corrections de *Candide* en novembre.
Acquisition du domaine de Tournay (11 décembre)	1758	
	1758	Impression de *Candide* chez les Cramer de Genève (décembre).
	1759	*Candide* expédié à Paris et Amsterdam (15 janvier).
	1759	Suppression de l'édition parisienne de *Candide* (25 février).
	1761	*Candide* réédité par Cramer à Genève avec les additions du chapitre XXII.
	1771	(début de l'année) Dernière édition de *Candide* revue par Voltaire.

QUELQUES OPINIONS SUR CANDIDE

XVIIIe siècle

Omer Joly de Fleury, avocat général :

« Il se répand depuis quelques jours dans le public une brochure intitulée *Candide ou l'optimisme*... Cette brochure dont je n'ai pu encore que parcourir quelques chapitres, m'a paru contenir des traits et des allégories également contraires à la religion et aux bonnes mœurs, et je sais d'ailleurs que dans le monde on est révolté des indécences et des impiétés qu'elle renferme. »

24 février 1759

Grimm :

« Ni ordonnance, ni plan, ni ces coups de pinceau heureux qu'on rencontre dans quelques romans anglais du même genre. En revanche, beaucoup de choses de mauvais goût, d'autres de mauvais ton, des polissonneries, des ordures, qui n'ont point ce voile de gaze qui les rend supportables. »

1er mars 1759

Voltaire à Robert Tronchin :

« L'abbé Pernetti soutient toujours que j'ai fait voyager le philosophe Pangloss et Candide ; mais comme je trouve cet ouvrage très contraire aux décisions de la Sorbonne et aux décrétales, je soutiens que je n'y ai aucune part. »

12 mars 1759

Voltaire à M. Vernes :

« J'ai lu enfin *Candide*. Il faut avoir perdu le sens pour m'attribuer cette coïonnerie... »

15 mars 1759

Voltaire à M. de Thibouville :

« J'ai lu enfin, mon cher marquis, ce *Candide* dont vous m'avez parlé ; et plus il m'a fait rire, plus je suis fâché qu'on me l'attribue. Au reste, quelque roman qu'on fasse, il est difficile à l'imagination d'approcher de ce qui se passe réellement sur ce triste et ridicule globe... »

15 mars 1759

J.-J. Rousseau :

« Frappé de voir ce pauvre homme, accablé, pour ainsi dire, de prospérités et de gloire, déclamer toutefois contre les misères de la vie et trouver toujours que tout était mal, je formai l'insensé projet de le faire rentrer en lui-même et de lui prouver que tout était bien... Depuis lors Voltaire a publié cette réponse qu'il m'avait promise, mais qu'il ne m'a pas envoyée. Elle n'est autre que le roman de *Candide*, dont je ne puis parler parce que je ne l'ai pas lu. »

Mme de Staël :

« C'est pour combattre Leibniz qu'il a composé *Candide*. Il prit une humeur singulière contre les causes finales, l'optimisme, le libre arbitre, enfin contre toutes ces opinions philosophiques qui relèvent la dignité de l'homme, et il fit *Candide*, cet ouvrage d'une gaîté infernale, car il semble écrit par un être d'une autre nature que nous, indifférent à notre sort, content de nos souffrances, et riant comme un démon, ou comme un singe, des misères de cette espèce humaine avec laquelle il n'a rien de commun, »

XIXᵉ siècle

Flaubert :

« La fin de *Candide* est pour moi la preuve criante d'un génie de premier ordre. La griffe du lion est marquée dans cette conclusion tranquille, bête comme la vie. »

XXᵉ siècle

Lanson :

« *Candide* n'est ni désolant, ni désolé, ni purement négatif et critique : c'est la parabole essentielle de la philosophie voltairienne qui tend toute à l'augmentation du bien-être. Pas un chapitre, pas un épisode, pas une silhouette qui ne découvre l'illusion ou le mensonge de l'optimisme, et, à mesure que le dénouement approche, l'utilité de l'action sociale. »

André Morize :

« Œuvre désolée et déprimante ? Non pas, à la vérité, mais œuvre de clairvoyance et de pessimisme sans désespoir. »

André Gide :

« Je ne parviens pas à situer *Candide* fort au-dessus de tous les autres contes. Je doute même si ce n'est pas surtout aux menues polissonneries qui s'y trouvent que *Candide* doit son insigne renommée. La satire y paraît un peu courte et le rire de Voltaire m'y paraît plus grimaçant qu'ailleurs... Montrer que l'homme est innombrablement malheureux sur cette terre, point n'est besoin de tant d'esprit pour cela. La religion nous l'enseigne aussi. Voltaire le sait bien et par moments cela le gêne. »

René Pomeau :

« *Candide* clôt dans la vie de Voltaire une période dépressive. Le châtelain de Ferney ne trouve plus que cette « vallée de larmes » soit si triste : « Je me plains toujours, selon l'usage, mais dans le fond je suis fort aisé ». »

André Delattre :

« (Mme de Staël a tort) lorsqu'elle lui reproche de manquer d'entrailles, parce qu'il bouffonne dans *Candide* sur les souffrances de l'humanité... Il y a chez Voltaire le besoin de bouffonner quand il parle de choses sérieuses... Et ce n'est pas nécessairement par démission ; souvent c'est plutôt par crainte de l'emphase, ou par un mélange de pudeur et d'humour. »

Paul Hazard :

« Est-il possible de cultiver son jardin sans être gêné par ses voisins, caressé ou tourmenté par les vents, battu par les pluies ? Sans regarder au-delà des clôtures, sans contempler l'horizon, sans lever la tête vers les astres ? (Cultiver son jardin) n'est qu'un pis-aller, l'aveu d'une défaite, une façon de se recroqueviller, pour donner moins de prise au mal triomphant : acceptation d'un monde incompréhensible que la raison suffisante ne suffit plus à expliquer. »

Pierre Castex :

« Voltaire veut donner à penser qu'au niveau de l'homme au moins l'existence est absurde et qu'il est vain de vouloir la justifier. De ce point de vue son attitude est extrêmement moderne. L'erreur de Pangloss est de prétendre introduire artificiellement une causalité dans une succession d'événements dont la logique échappe aux investigations de l'esprit humain. »

Jean Orieux :

« *Candide* est une œuvre d'un désespoir presque insondable. *Presque* seulement, parce que s'il l'était totalement il serait excessif, contraire à la bienséance, au bon goût et à l'humanité qui se doit d'être mesurée en tout, même en son désespoir. S'il était excessif, il serait faux. Or *Candide* sonne juste comme le cristal. Il permet de sourire, et l'humanité se sauve par là du désespoir. »

Jacques Van den Heuvel :

« Ce qui fait la valeur du mythe de *Candide* c'est son double aspect, limité et ouvert, solide et prometteur tout à la fois. Le côté décevant et si l'on veut négatif du jardin, c'est tout ce qu'il exclut par ses limites mêmes, en fait d'aspiration au rêve, à l'absolu, à la perfection. Mais il est loin d'être vrai qu'il interdise tout dépassement de soi... La structure romanesque de *Candide* porte elle-même la marque de ce mouvement de confrontation entre les chimères et l'expérience, mais aussi de ce cheminement vers l'idéal limité du jardin à travers les vicissitudes de l'existence. »

QUELQUES POINTS DE VUE DE CRITIQUES ÉTRANGERS

George Saintsbury :

Candide « as a piece of art or craft, is beyond praise or pay ... if anybody, having read its first page, fails to see that it is, and how it is praiseworthy, he never will or would be converted if all the eulogies of the most golden-mouther critics of the world poured upon him in steady shower. »

A History of the French Novel 1917

Henry Vyverberg :

« Voltaire's attack on philosophical optimism took two divergent lines. On pragmatic grounds he opposed this optimism as preaching passive submission to fate and thus as deterring human progress through action. On empirical grounds he felt that philosophical optimism simply did not meet the facts squarely, that it could not satisfactorily account for the vast quantity of evil, error, and misfortune which obviously existed in the world. For Voltaire did not look at the world with the eyes of the rationalist alone ; he never ceased to value highly the evidence of empirical observation ... and when he confronted the historical scene, he could only be impressed by the tragic and demonic current which it revealed all too clearly. »

Historical Pessimism in the French Enlightenment 1958

H.T. Mason :

« Bayle's scepticism helps to ensure that, however much Voltaire would like in his later years to reestablish a modified optimism, his philosophy must remain, as best shot through with a fundamentally agnostic outlook on the universe. At all times however Voltaire's views are much less detached than Bayle's ... To Bayle, the problem of evil is a polemical controversy : for Voltaire it is a personal torment. »

Pierre Bayle and Voltaire 1963

T. Bestermann :

« Voltaire's tales can be and usually are read for pleasure, as testify the hundreds of editions which still come off the presses in all languages. Yet he hardly ever wrote anything which, however much enjoyment it gives in the reading, does not also give something more. I have no doubt that Voltaire wrote his stories in part to console himself for his own unhappiness. Yet beyond that he was in the fullest sens of the world *engagé*, the first and greatest in that kind ... He compelled his contemporaries to understand that the earth they all alike inhabited was after all no more than a globule scarcely perceptible in the space of infinity. Above all, he never ceased to underscore not merely the horror, but the laughable folly of injustice, and its progeny : intolerance, fanaticism, cruelty and war. »

Voltaire 1969

« Candide et Cunégonde se trouvèrent derrière un paravent... » Gravure de Moreau le Jeune (Ph. B. N.)

▶

« Le Baron... voyant cette cause et cet effet, chassa Candide du château... ». Gravure de Moreau le Jeune (*Ph. B.N.*)

─── *LA COULEUR ALLEMANDE* ───

1

● **Le choix de la Westphalie n'est pas indifférent.**

C'est aux yeux de Voltaire la région la plus arriérée d'Allemagne. Dans ces « *vastes, tristes, stériles et détestables campagnes de Westphalie* », écrit-il en 1750, « *on voit, dans de grandes huttes qu'on appelle maisons, des animaux qu'on appelle hommes, qui vivent le plus cordialement du monde avec d'autres animaux domestiques* ».

Dans une lettre à Voltaire, Frédéric II lui aussi présente la Westphalie comme une sorte de Béotie de l'Allemagne, excellent cadre pour des esprits naïfs, simples ou sclérosés.*

● **Les modèles réels** ne manquent pas non plus. On songe à la duchesse de Saxe-Gotha à qui Voltaire écrivait le 2 octobre 1756 : « *La meilleure de toutes les demeures possibles est certainement celle de Gotha, et je sais bien quelle est la meilleure des princesses possibles* » — Quelle galerie offrait aussi la « courette » de **Charles-Théodore**, électeur palatin, où Voltaire séjourna en juillet 1758 à Schwetzingen ! Il y avait là des jeunes gens « très aimables et très bien élevés », **les princes de Mecklembourg**, qui avaient à peu près l'âge de Candide. L'électeur, que l'auteur anglais **Boswell** décrira comme un homme « *très boucané, très grand, très fort* », sa femme, bien en chair, très pointilleuse sur les quartiers de noblesse, ressemblent au baron et à la baronne.

● **55**

CHAPITRE PREMIER

Comment Candide fut élevé dans un beau château,
et comment il fut chassé d'icelui

Il y avait en Westphalie, dans le château de monsieur le baron de Thunder-ten-tronckh, un jeune garçon à qui la nature avait donné les mœurs les plus douces. Sa physionomie annonçait son âme. Il avait le jugement assez
5 droit, avec l'esprit le plus simple ; c'est, je crois, pour cette raison qu'on le nommait Candide. Les anciens domestiques de la maison soupçonnaient qu'il était fils de la sœur de monsieur le baron, et d'un bon et honnête gentilhomme du voisinage, que cette demoiselle ne voulut jamais épouser,
10 parce qu'il n'avait pu prouver que soixante et onze quartiers, et que le reste de son arbre généalogique avait été perdu par l'injure du temps.

Monsieur le baron était un des plus puissants seigneurs de la Westphalie, car son château avait une porte et des
15 fenêtres. Sa grande salle même était ornée d'une tapisserie. Tous les chiens de ses basses-cours composaient une meute dans le besoin ; ses palefreniers étaient ses piqueurs ; le vicaire du village était son grand-aumônier. Ils l'appelaient tous Monseigneur, et ils riaient quand il
20 faisait des contes.

Madame la baronne, qui pesait environ trois cent cinquante livres, s'attirait par là une très grande considération, et faisait les honneurs de la maison avec une dignité qui la rendait encore plus respectable. Sa fille Cunégonde,
25 âgée de dix-sept ans, était haute en couleur, fraîche, grasse, appétissante. Le fils du baron paraissait en tout digne de son père. Le précepteur Pangloss était l'oracle de la maison et le petit Candide écoutait ses leçons avec toute la bonne foi de son âge et de son caractère.
30 Pangloss enseignait la métaphysico-théologo-cosmolo-nigologie. Il prouvait admirablement qu'il n'y a point d'effet sans cause, et que, dans ce meilleur des mondes possibles, le château de monseigneur le baron était le plus beau des châteaux, et madame la meilleure des baronnes possibles.
35 « Il est démontré, disait-il, que les choses ne peuvent être autrement : car tout étant fait pour une fin, tout est nécessairement pour la meilleure fin. Remarquez bien que les nez ont été faits pour porter des lunettes ; aussi avons-nous des lunettes. Les jambes sont visiblement ins-

2 : baron (n.m.) : possesseur du titre de noblesse entre celui du vicomte et celui du chevalier.
3 : mœurs (n.f.p.) : habitudes naturelles ou acquises à la pratique du bien et du mal : bonnes ou mauvaises mœurs.
4 : physionomie (n.f.) : ensemble des traits du visage.
11 : quartier (n.m.) : ici, quartier de noblesse : degré de descendance avec ses ramifications la filiation des membres d'une famille.
12 : injure (du temps) : ici, dommage.
15 : tapisserie (n.f.) : ouvrage fait au métier ou à l'aiguille sur du canevas avec de la laine, de la soie, etc.
16 : basse-cour (n.f.) : partie d'une maison, d'une ferme, où l'on élève la volaille.
17 : meute (n.f.) : troupe de chiens courants dressés pour la chasse.
17 : besoin (n.m.) : ici, privation, faim.
17 : palefrenier (n.m.) : homme qui panse et soigne les chevaux.
18 : piqueur (n.m.) : valet de chiens, suivant à cheval la bête que poursuit la meute.
18 : vicaire (n.m.) : prêtre-adjoint à un curé.
18 : grand aumônier (n.m.) : ici, prêtre attaché à la personne du baron.
19 : monseigneur (n.m.) : titre donné aux personnes d'une dignité éminente.
20 : conte (n.m.) : récit d'aventures imaginaires.
21 : baronne (n.f.) : femme du baron.
22 : livre (n.f.) : ancienne unité de masse : environ 500 g.
22 : considération (n.f.) : ici, importance, réputation.
23 : faire les honneurs d'une maison : y recevoir selon les règles de la politesse.
23 : dignité (n.f.) : ici, gravité dans les manières.
25 : haute en couleur : dont les couleurs sont très vives.
26 : appétissante : ici, qui excite le désir.
27 : précepteur (n.m.) : personne qui est chargée de l'éducation d'un enfant.
27 : oracle (n.m.) : décision émanant de personnes de grande autorité, d'un grand savoir. Ici, l'oracle désigne la personne elle-même, c'est-à-dire Pangloss.
30 : métaphysique (n.f.) : connaissances des causes premières et des premiers principes.
30 : théologie (n.f.) : science de la religion, des choses divines.
30 : cosmolonigologie : mot créé par Voltaire. Contamination des mots « cosmogonie » et « cosmologie » (théorie de la formation de l'univers) et du mot « nigaud », signifiant sot, niais. Voltaire raille dans Pangloss la philosophie de Wolff.
35 : démontrer (v.t.) : prouver d'une manière incontestable.

LA PRÉSENTATION STYLISÉE DES PERSONNAGES

1

● **A Cirey, Voltaire faisait jouer tantôt un théâtre d'ombres ou une lanterne magique.** Ces silhouettes simplifiées, qu'il commentait avec humour, préfiguraient un peu les personnages stylisés de ce conte.

La description est si rapide que ces héros ressemblent à des pantins. On peut admirer le choix des traits :

« Dénué d'imagination psychologique, l'auteur de Zaïre fait dans le conte de pauvreté vertu. Le genre n'admet que de légers dessins. Mais les coups de crayon doivent être bien placés. C'est à quoi Voltaire excelle. Sa curiosité badine attrape le geste révélateur ». **R. Pomeau.**

Cet art sobre, presque austère*, qui élimine toute fioriture* pour permettre à la raison lucide de courir droit au but, convient par excellence au conte philosophique.

CEPENDANT, CANDIDE EST A PART

✦ Son nom clair s'oppose aux lourdes consonances germaniques. Dès l'abord, il se distingue du **Babouc** du *Monde comme il va* (1748) ou du **Scarmentado** des *Voyages* (1756). Ceux-ci n'étaient que des fantoches* ; Candide offre l'esquisse d'un caractère qui va peu à peu évoluer, et acquérir quelque maturité au long d'aventures malheureuses.

✦ Son jugement est *« assez droit »*, autrement dit, il a du bon sens. Il lui faudra bien des expériences pour réduire Pangloss au silence, mais enfin il y parviendra.

✦ Il est impulsif*, émotif, prompt à l'enthousiasme, aux larmes, aux élans, aux désespoirs. C'est un vrai héros de roman, et son histoire est déjà un roman d'apprentissage.

LE CAS PANGLOSS

✦ Son nom signifie « *l'homme tout en langue* » : il parle, c'est tout ce qu'il sait faire.

✦ Mais il possède une doctrine *a priori* dans laquelle on peut reconnaître un mélange de **Leibniz** et de **Wolff**, l'un prétendant à la *métaphysique,* l'autre à la *cosmologie,* le premier affirmant qu'il n'y a pas d'effet sans cause, le second développant le principe de « raison suffisante ». De Wolff aussi, c'est l'enchaînement rigoureux par « *subdivisions, définitions, alinéas, paragraphes.* »
Pangloss est donc par excellence un philosophe allemand de l'époque.

✦ **Voltaire le traite de manière caricaturale** par le choix des exemples dont il étaye* sa thèse magistrale. Il va chercher tous les détails finalistes qui rendent grotesque le *Spectacle de la Nature* de l'**abbé Pluche,** ou la *Théologie physique* de Derham.
Cette *« causalité saugrenue »* (**R. Pomeau**) se développera tout au long du conte.

● **55**

40 tituées pour être chaussées, et nous avons des chausses.
Les pierres ont été formées pour être taillées et pour en
faire des châteaux ; aussi monseigneur a un très beau
château : le plus grand baron de la province doit être le
mieux logé ; et les cochons étant faits pour être mangés,
45 nous mangeons du porc toute l'année. Par conséquent,
ceux qui ont avancé que tout est bien ont dit une sottise :
il fallait dire que tout est au mieux ».

Candide écoutait attentivement, et croyait innocem-
ment : car il trouvait mademoiselle Cunégonde extrême-
50 ment belle, quoiqu'il ne prît jamais la hardiesse de le lui
dire. Il concluait qu'après le bonheur d'être né baron de
Thunder-ten-tronckh, le second degré de bonheur était
d'être mademoiselle Cunégonde ; le troisième, de la voir
tous les jours ; et le quatrième, d'entendre maître Pangloss,
55 le plus grand philosophe de la province, et par conséquent
de toute la terre.

Un jour, Cunégonde, en se promenant auprès du châ-
teau, dans le petit bois qu'on appelait parc, vit entre des
broussailles le docteur Pangloss qui donnait une leçon de
60 physique expérimentale à la femme de chambre de sa mère,
petite brune très jolie et très docile. Comme mademoiselle
Cunégonde avait beaucoup de disposition pour les sciences,
elle observa, sans souffler, les expériences réitérées dont
elle fut témoin ; elle vit clairement la raison suffisante du
65 docteur, les effets et les causes, et s'en retourna tout agitée,
toute pensive, toute remplie du désir d'être savante, son-
geant qu'elle pourrait bien être la raison suffisante du jeune
Candide, qui pouvait aussi être la sienne.

Elle rencontra Candide en revenant au château, et rougit ;
70 Candide rougit aussi ; elle lui dit bonjour d'une voix entre-
coupée, et Candide lui parla sans savoir ce qu'il disait. Le
lendemain, après le dîner, comme on sortait de table, Cuné-
gonde et Candide se trouvèrent derrière un paravent ;
Cunégonde laissa tomber son mouchoir, Candide le ramassa ;
75 elle lui prit innocemment la main ; le jeune homme baisa
innocemment la main de la jeune demoiselle avec une viva-
cité, une sensibilité, une grâce toute particulière ; leurs
bouches se rencontrèrent, leurs yeux s'enflammèrent, leurs
genoux tremblèrent, leurs mains s'égarèrent. Monsieur le
80 baron de Thunder-ten-tronckh passa auprès du paravent, et,
voyant cette cause et cet effet, chassa Candide du château à
grands coups de pied dans le derrière ; Cunégonde s'éva-
nouit : elle fut souffletée par madame la baronne dès qu'elle
fut revenue à elle-même ; et tout fut consterné dans le
85 plus beau et le plus agréable des châteaux possibles.

39 : *visiblement :* adverbe (de l'adjectif visible) : qui peut être vu. Ici, apparent, manifeste.
40 : *instituer* (v.t.) : ici, établir.
40 : *chausser* (v.t.) : ici, mettre des chausses c'est-à-dire une sorte de culotte qui tenait lieu aussi de bas.
41 : *tailler* (v.t.) : retrancher d'une chose (ici une pierre) pour lui donner une certaine forme.
43 : *province* (n.f.) : division territo-riale.
44 : *loger* (v.i.) : habiter.
44 : *cochon* (n.m.) : animal.
45 : *porc* (n.m.) : chair du cochon.
46 : *avancer :* ici, prétendre, alléguer.
48 : *attentivement :* adverbe, de l'ad-jectif attentif : qui agit avec attention.
48 : *innocemment :* adverbe, de l'adjectif innocent : qui ignore le mal ; pur, candide (le nom de notre héros).
50 : *hardiesse* (n.f.) : audace, assurance.
51 : *conclure* (v.t.) : aboutir à un ré-sultat qui prouve bien ce que l'on a avancé.
52 : *degré :* situation considérée par rapport à une série d'autres progressi-vement inférieures ou supérieures.
54 : *maître* (n.m.) : ici, titre honorifique donné au philosophe Pangloss.
55 : *philosophe* (n.m.) : personne qui étudie la sagesse humaine.

Candide est découvert derrière un paravent avec Cunégonde dans une situation comprome-tante par le père de la jeune fille, qui met notre héros à la porte à grands coups de pied dans le derrière.

L'ARMÉE AU XVIIIᵉ SIÈCLE

1

● UNE DESCRIPTION ET UNE SATIRE

Bien que l'armée où s'engage Candide soit l'armée bulgare, la critique porte sur l'armée française de ce temps.

✦ *Les sergents recruteurs.* Ce sont des officiers de fortune, chargés par le propriétaire d'un régiment (colonel) d'« *acheter les hommes.* » « *Le chapeau surmonté de plumes flottantes, la tête haute et le poing sur la hanche, des racoleurs appelaient tout haut les jeunes gens qui passaient, leur frappaient sur l'épaule, les prenaient sous le bras, les entraînaient dans des cabarets où ils leur extorquaient après boire, un engagement de longue durée au service du roi.* »
Charles Kunstler, *la vie quotidienne sous Louis XV.*

On s'enrôle* à partir de seize ans, pour une durée de six ou huit ans. Au moment de l'engagement, on touche trente livres, et un louis de supplément pour chaque pouce au-dessus de six pieds. Pour séduire les jeunes gens, tous les appâts sont bons. Ainsi les recruteurs promènent sur le Pont neuf des perches chargées de poulets, de cailles*, de lièvres, faisant croire que c'est là la nourriture de l'armée.

Donc rien que de naturel dans l'aventure de Candide.

✦ *L'exercice.* Deux fois par jour les jeunes recrues sont soumises à l'exercice : pas de côté, demi-tour, quart de tour, maniement d'armes.

Mais Voltaire rend cet entraînement comique en accentuant son côté mécanique : c'est surtout l'exercice à la manière prussienne. Car jusqu'à la fin de la guerre de Sept ans, la discipline était médiocre dans l'armée française, comme le remarque l'écrivain allemand **Guillaume d'Archenholz** dans son *Histoire de la guerre de Sept ans.* Seulement après 1761, sous la direction de Choiseul, l'armée française essaiera d'imiter la discipline stricte de l'armée de Frédéric II.

✦ *Le déserteur fustigé.* Il y avait beaucoup de déserteurs dans l'armée française. Le marquis d'Argenson écrit en décembre 1752 : « *On compte plus de trente mille hommes condamnés pour désertion depuis la paix de 1748* ».

Les châtiments* étaient impitoyables. Il faudra attendre les réformes du comte de St-Germain en 1775, pour que seule la désertion en temps de guerre soit punie de mort. Mais, sous Louis XV, même en temps de paix, le déserteur est arrêté, on lui coupe le nez et les oreilles, puis on le pend ou on le passe par les armes. Le châtiment des baguettes, qui était habituel sous Louis XIV, et que St-Germain rétablira, paraît doux par comparaison. Nu jusqu'à la ceinture, le coupable « *touchait de sa tête le drapeau.* » Puis il passait au milieu de ses camarades, rangés sur deux rangs et armés d'une baguette. Les exécuteurs le cinglaient au passage au son d'une batterie spéciale appelée *la charge* ou *les verges.* Le nombre de tours dépendait de la gravité de la faute.

COULEUR LOCALE

✦ *La couleur prussienne* n'est cependant pas absente. Elle est nourrie de souvenirs personnels. Lors de son séjour en Prusse, Voltaire pouvait voir de sa fenêtre « *trente mille hommes* » manœuvrer (21 mai 1751). Il rappelle dans une lettre à Darget, contemporaine de *Candide* : « *Souvenez-vous comme ces drôles-là font le pas de côté et le pas redoublé ; comme ils escamotent les cartouches en chargeant, comme ils tirent six à sept coups par minute* ».

L'aspect le plus frappant de l'exercice à la prussienne est « *la discipline inébranlable* » dans l'action offensive comme dans la rigueur des châtiments. Il a vu « *des soldats qu'on faisait passer trente-six fois par les baguettes sous les fenêtres du monarque qui les regardait .* »

● 74

CHAPITRE SECOND

Ce que devint Candide parmi les Bulgares

Candide, chassé du paradis terrestre, marcha longtemps sans savoir où, pleurant, levant les yeux au ciel, les tournant souvent vers le plus beau des châteaux, qui renfermait la plus belle des baronnettes ; il se coucha sans souper au
5 milieu des champs entre deux sillons ; la neige tombait à gros flocons. Candide, tout transi, se traîna le lendemain vers la ville voisine, qui s'appelle Valdberghoff-trarbk-dikdorff, n'ayant point d'argent, mourant de faim, et de lassitude. Il s'arrêta tristement à la porte d'un cabaret.
10 Deux hommes habillés de bleu le remarquèrent : « Camarade, dit l'un, voilà un jeune homme très bien fait, et qui a la taille requise ». Ils s'avancèrent vers Candide, et le prièrent à dîner très civilement. « Messieurs, leur dit Candide avec une modestie charmante, vous me faites beaucoup
15 d'honneur, mais je n'ai pas de quoi payer mon écot. — Ah ! monsieur, lui dit un des bleus, les personnes de votre figure et de votre mérite ne payent jamais rien : n'avez-vous pas cinq pieds cinq pouces de haut ? — Oui, messieurs, c'est ma taille, dit-il en faisant la révérence. — Ah ! monsieur
20 mettez-vous à table ; non seulement nous vous défrayerons, mais nous ne souffrirons jamais qu'un homme comme vous manque d'argent ; les hommes ne sont faits que pour se secourir les uns les autres. — Vous avez raison, dit Candide ; c'est ce que monsieur Pangloss m'a toujours dit, et
25 je vois bien que tout est au mieux ». On le prie d'accepter quelques écus, il les prend et veut faire son billet ; on n'en veut point, on se met à table. « N'aimez-vous pas tendrement ?... — Oh ! oui, répond-il, j'aime tendrement mademoiselle Cunégonde. — Non, dit l'un de ces messieurs,
30 nous vous demandons si vous n'aimez pas tendrement le roi des Bulgares ? — Point du tout, dit-il, car je ne l'ai jamais vu. — Comment ! c'est le plus charmant des rois, et il faut boire à sa santé. — Oh! très volontiers, messieurs ». Et il boit. « C'en est assez, lui dit-on, vous voilà l'appui, le sou-
35 tien, le défenseur, le héros des Bulgares ; votre fortune est faite, et votre gloire est assurée. » On lui met sur-le-champ les fers aux pieds, et on le mène au régiment. On le fait tourner à droite, à gauche, hausser la baguette, remettre la baguette, coucher en joue, tirer, doubler le pas, et on lui

4 : *baronnette* (n.f.) : fille de baron.
4 : *souper* (v.i.) : prendre le repas du soir.
5 : *sillon* (n.m.) : trace que fait dans la terre le soc de la charrue.
6 : *flocon* (n.m.) : amas léger de neige.
6 : *transir* (v.t.) : pénétrer et engourdir de froid.
8 : *n'ayant point* : n'ayant pas.
9 : *lassitude* (n.f.) : fatigue produite par un travail musculaire ou cérébral prolongé.
9 : *cabaret* (n.m.) : lieu où l'on vend des boissons au détail.
10 : *habillés de bleu* : allusion aux sergents recruteurs.
12 : *requis* (part. et adj. de requérir) : exigé, nécessaire.
13 : *très civilement* : très poliment.
15 : *payer son écot* : quote-part de chaque convive dans un repas commun.
17 : *mérite* (n.m.) : talent, qualité.
18 : *pied* (n.m.) : ancienne mesure de longueur d'environ 33 cm.
18 : *pouce* (n.m.) : ancienne mesure de longueur valant la 12e partie du pied.
19 : *faire la révérence* : mouvement du corps que l'on fait pour saluer.
20 : *défrayer* (v.t.) : ici, payer la dépense de quelqu'un.
21 : *souffrir* (v.t.) : ici permettre.
26 : *écus* (n.m.) : ancienne monnaie d'argent valant ordinairement 3 livres.
26 : *faire son billet* : ici, écrit par lequel on s'engage à payer une certaine somme. Reçu.
34 : *c'en est assez* : cela est suffisant.
34 : *appui* (n.m.) : soutien, support.
35 : *défenseur* (n.m.) : celui qui défend. Protecteur, soutien.
35 : *héros* (n.m.) : celui qui se distingue par des vertus ou des actions extraordinaires, particulièrement à la guerre.
36 : *sur le champ* : à l'instant même ; immédiatement.
38 : *mettre des fers* : ici, enchaîner.
38 : *hausser* (v.t.) : élever, faire monter.
39 : *baguette* (n.f.) : ici, baguette de fusil : tige de métal, de bois, etc. qui sert à nettoyer un fusil.
39 : *coucher en joue* : ajuster pour tirer.
39 : *tirer* (v.t.) : faire partir au moyen d'une arme.
39 : *doubler le pas* : marcher plus vite.

40 donne trente coups de bâton; le lendemain, il fait l'exercice
un peu moins mal, et il ne reçoit que vingt coups; le surlen-
demain, on ne lui en donne que dix, et il est regardé par ses
camarades comme un prodige.
Candide, tout stupéfait, ne démêlait pas encore trop bien
45 comment il était un héros. Il s'avisa un beau jour de prin-
temps de s'aller promener, marchant tout droit devant lui,
croyant que c'était un privilège de l'espèce humaine, comme
de l'espèce animale, de se servir de ses jambes à son plaisir.
Il n'eut pas fait deux lieues que voilà quatre autres héros
50 de six pieds qui l'atteignent, qui le lient, qui le mènent dans
un cachot. On lui demanda juridiquement ce qu'il aimait
le mieux d'être fustigé trente-six fois par tout le régiment,
ou de recevoir à la fois douze balles de plomb dans la cer-
velle. Il eut beau dire que les volontés sont libres, et qu'il
55 ne voulait ni l'un ni l'autre, il fallut faire un choix : il se
détermina, en vertu du don de Dieu qu'on nomme *liberté*,
à passer trente-six fois par les baguettes; il essuya deux pro-
menades. Le régiment était composé de deux mille hommes.
Cela lui composa quatre mille coups de baguettes, qui,
60 depuis la nuque du cou jusqu'au cul, lui découvrirent les
muscles et les nerfs. Comme on allait procéder à la troi-
sième course, Candide, n'en pouvant plus, demanda en
grâce qu'on voulût bien avoir la bonté de lui casser la tête :
il obtint cette faveur; on lui bande les yeux; on le fait mettre
65 à genoux. Le roi des Bulgares passe dans ce moment, s'in-
forme du crime du patient; et comme ce roi avait un grand
génie, il comprit, par tout ce qu'il apprit de Candide, que
c'était un jeune métaphysicien fort ignorant des choses de
ce monde, et il lui accorda sa grâce avec une clémence qui
70 sera louée dans tous les journaux et dans tous les siècles.
Un brave chirurgien guérit Candide en trois semaines avec
les émollients enseignés par Dioscoride. Il avait déjà un peu
de peau, et pouvait marcher, quand le roi des Bulgares livra
bataille au roi des Abares.

41 : *surlendemain* (n.m.) : jour qui suit le lendemain.

43 : *prodige* (n.m.) : personne extraordinaire.

44 : *stupéfait* (adj.) : interdit, immobile de surprise.

44 : *démêler* (v.t.) : ici, discerner, éclaircir.

47 : *privilège* : ici, don naturel.

48 : *à son plaisir* : ici, à sa volonté.

49 : *lieue* (n.f.) : mesure linéaire ancienne de longueur variable. Lieue kilométrique (4 km).

51 : *cachot* (n.m.) : cellule de prison, basse et obscure, géôle.

52 : *fustiger* (v.t.) : batre à coups de baguettes.

57 : *passer par les baguettes* : battre à coups de baguettes.

60 : *nuque* (n.f.) : partie postérieure du cou au-dessous de l'occiput.

60 : *cul* (n.m.) : partie de l'homme qui comprend les fesses et le fondement (trivial).

63 : *demander en grâce* : ici, supplier.

63 : *avoir la bonté* : demander l'indulgence, la bienveillance.

63 : *casser la tête* : ici, Candide préfère être fusillé que battu.

64 : *bander les yeux* (v.t.) : couvrir d'un bandeau les yeux.

65 : *mettre à genoux* : s'agenouiller.

69 : *patient* (n.m.) : ici, personne qui subit un supplice.

73 : *clémence* (n.f.) : vertu qui consiste à pardonner.

75 : *émollient* (n.m.) : produit qui amollit, qui apaise.

76 : *Dioscoride* : médecin grec célèbre, cité par Galien.

◀ Frédéric II le Grand, par Antoine Pesne
(*Ph. Roger-Viollet*)

« Candide s'enfuit au plus vite dans un autre village... ». Gravure de Moreau le Jeune (*Ph. Roger-Viollet*).

LA CRITIQUE² DE LA GUERRE

1

● AVANT VOLTAIRE

✦ *L'humanisme du XVI*ᵉ *siècle* en fait un thème favori : Après la *Querela pacis* d'**Erasme**, c'est **Rabelais** et la guerre picrocholine du *Gargantua*, et bien des passages des *Essais* où **Montaigne** condamne les excès des soldats.

✦ *Au XVII*ᵉ *siècle*, la guerre est critiquée à la fois par des philosophes sensibles à son absurdité : « *Pourquoi me tuez-vous ? - Eh quoi ! ne demeurez-vous pas de l'autre côté de l'eau ?* » **(Pascal)** ou à son atrocité* : « *Que si l'on vous disait que tous les chats d'un grand pays se sont assemblés par milliers dans une plaine, et qu'après avoir miaulé tout leur saoul, ils se sont jetés avec fureur les uns sur les autres, et ont joué ensemble de la dent et de la griffe ; que, de cette mêlée, il est demeuré de part et d'autre neuf à dix mille chats sur la plaine, qui ont infecté l'air à dix lieues de là par leur puanteur, ne diriez-vous pas — Voilà le plus abominable Sabbat dont on ait ouï parler ?* » (...) **La Bruyère**, *Caractères* (X, 9 - XII, 119).
Des prélats de l'Eglise en soulignent les conséquences affreuses pour les peuples : **Fénelon** dans le *Télémaque* et *L'examen de conscience sur les devoirs de la royauté*, **Massillon** dans *l'Oraison funèbre de Louis XIV*.

● ÉVOLUTION DE VOLTAIRE VERS LE PACIFISME

✦ Lors de la guerre de succession d'Autriche, Voltaire fait sa part à la gloire militaire, et son patriotisme apparaît dans le *Poème de Fontenoy* (1745) et la description de cette même bataille dans le *Précis du siècle de Louis XV*.

✦ Mais la réflexion philosophique lui inspire déjà dans *Micromégas* (1752) des attaques vives : « *Savez-vous bien qu'il y a cent mille fous de notre espèce couverts de chapeaux qui tuent cent mille autres animaux* », c'est une « *fourmilière d'assassins ridicules* ».

✦ C'est la guerre de Sept ans qui le met en colère. Il avait mis tous ses espoirs dans la paix d'Aix-la-Chapelle. La reprise des combats l'atterre*. D'un côté son pays, de l'autre Frédéric II, et sa victoire de Rossbach.

Voltaire suit les événements sur un atlas ; il reçoit des courriers d'Allemagne, pleins de détails affreux.

Désormais tout lui paraît préférable à la guerre.

● ORIGINALITÉ DE CETTE ATTAQUE

✦ *Elle se situe sur divers plans :* Effort pour détruire le halo d'admiration qui entoure les guerriers, blessures de la sensibilité entretenues par une vive imagination, anticléricalisme* repris du *Dictionnaire* de **Bayle** (article *Fabricius*) : « *chaque parti s'attribuait la victoire et remerciait solennellement et pompeusement le bon Dieu* ».

✦ *Elle rend un son particulier :* mélange du réalisme et de l'indignation avec une ironie cinglante* qui démasque les hypocrisies de la guerre grâce au jeu des contraires (« *boucherie héroïque* »).

● 37

CHAPITRE TROISIÈME

*Comment Candide se sauva d'entre les Bulgares,
et ce qu'il devint*

Rien n'était si beau, si leste, si brillant, si bien ordonné
que les deux armées. Les trompettes, les fifres, les haut-
bois, les tambours, les canons, formaient une harmonie
telle qu'il n'y en eut jamais en enfer. Les canons renver-
5 sèrent d'abord à peu près six mille hommes de chaque
côté ; ensuite la mousqueterie ôta du meilleur des mondes
environ neuf à dix mille coquins qui en infectaient la sur-
face. La baïonnette fut aussi la raison suffisante de la mort
de quelques milliers d'hommes. Le tout pouvait bien se
10 monter à une trentaine de mille âmes. Candide, qui trem-
blait comme un philosophe, se cacha du mieux qu'il put
pendant cette boucherie héroïque.

Enfin, tandis que les deux rois faisaient chanter des *Te
Deum*, chacun dans son camp, il prit le parti d'aller raisonner
15 ailleurs des effets et des causes. Il passa par-dessus des tas
de morts et de mourants, et gagna d'abord un village voisin ;
il était en cendres : c'était un village abare que les Bulgares
avaient brûlé, selon les lois du droit public. Ici des vieillards
criblés de coups regardaient mourir leurs femmes égorgées,
20 qui tenaient leurs enfants à leurs mamelles sanglantes ; là
des filles, éventrées après avoir assouvi les besoins naturels
de quelques héros, rendaient les derniers soupirs ; d'autres,
à demi brûlées, criaient qu'on achevât de leur donner la
mort. Des cervelles étaient répandues sur la terre à côté de
25 bras et de jambes coupés.

Candide s'enfuit au plus vite dans un autre village : il
appartenait à des Bulgares, et les héros abares l'avaient
traité de même. Candide, toujours marchant sur des mem-
bres palpitants, ou à travers des ruines, arriva enfin hors du
30 théâtre de la guerre, portant quelques petites provisions
dans son bissac, et n'oubliant jamais mademoiselle Cuné-
gonde. Ses provisions lui manquèrent quand il fut en Hol-
lande ; mais ayant entendu dire que tout le monde était riche
dans ce pays-là, et qu'on y était chrétien, il ne douta pas
35 qu'on ne le traitât aussi bien qu'il l'avait été dans le château
de monsieur le baron, avant qu'il en eût été chassé pour les
beaux yeux de mademoiselle Cunégonde.

1 : *leste* (adj.) : léger dans ses mouve-
ments.
2 : *trompette* ; *fifre* ; *haut-bois* : divers
instruments à vent et à embouchure,
utilisés notamment pour les marches
militaires.
3 : *tambour* (n.m.) : caisse cylindrique
dont les fonds sont formés de peaux
tendues, sur lesquelles on frappe avec
deux baguettes pour en tirer des sons.
3 : *harmonie* (n.f.) : ensemble ou suite
de sons agréables à l'oreille.
4 : *enfer* (n.m.) : lieu destiné au supplice
des damnés.
6 : *mousqueterie* (n.f.) : décharge pro-
duite par plusieurs fusils qui tirent en
même temps.
7 : *coquin* (n.m.) : personne vile, sans
honneur ni probité.
7 : *infecter* (v.t.) : gâter, corrompre.
8 : *baïonnette* (n.f.) : long poignard à
manche pouvant se fixer au bout du
fusil, afin de permettre le combat
au corps à corps (au XVIIIe siècle elle
est plantée dans le canon du fusil.)
12 : *boucherie héroïque* : ici, boucherie
signifie massacre, beaucoup de gens sont
tués.
19 : *cribler* (v.t.) : percer de coups,
couvrir de marques.
19 : *égorger* (v.t.) : couper la gorge,
tuer, massacrer.
20 : *mamelle* (n.f.) : poitrine d'une
femme.
21 : *éventrer* (v.t.) : ouvrir le ventre.
21 : *assouvir ses besoins naturels* : ici,
signifie le viol : les soldats ont abusé par
la violence des femmes.
22 : *rendre ses derniers soupirs* : mourir.
28 : *traiter* (v.t.) : agir bien ou mal avec
quelqu'un.
29 : *membre* (n.m.) : ici, les bras et les
jambes.
29 : *palpitant* : part. et adjectif du
verbe palpiter : avoir des mouvements
violents et déréglés.
30 : *théâtre de la guerre* : champ de
bataille.
31 : *bissac* (n.m.) : sorte de besace -
long sac en forme de poche.
31 : *bienfaiteur* (n.m.) : homme qui
fait du bien.
32 : *trembler* (v.i.) : être agité par de
fréquentes secousses. Ici, il s'agit d'un
tremblement de terre : celui de Lis-
bonne du 1er novembre 1755 sert
fréquemment d'argument à Voltaire
dans la question de l'optimisme.
39 : *bouillonner* (v.i.) : bouillir.
33 : *vaisseau* (n.m.) : grand navire.
33 : *tourbillon* (n.m.) : ici, masse de feu
qui tournoie rapidement en formant
une sorte d'entonnoir.
34 : *flamme* (n.m.) : gaz incandescent
produit par une substance en combus-
tion.
35 : *écrouler* (s') (v.pr.) : tomber en
s'affaissant avec fracas.
36 : *fondement* (n.m.) : maçonnerie ser-
vant de base à un édifice.
36 : *disperser* (v.t.) : répandre, jeter çà
et là.

Il demanda l'aumône à plusieurs graves personnages,
qui lui répondirent tous que, s'il continuait à faire ce métier,
40 on l'enfermerait dans une maison de correction pour lui
apprendre à vivre.

Il s'adressa ensuite à un homme qui venait de parler tout
seul une heure de suite sur la charité dans une grande assem-
blée. Cet orateur, le regardant de travers, lui dit : « Que
45 venez-vous faire ici? y êtes-vous pour la bonne cause? —
Il n'y a point d'effet sans cause, répondit modestement
Candide; tout est enchaîné nécessairement et arrangé pour
le mieux. Il a fallu que je fusse chassé d'auprès de mademoi-
selle Cunégonde, que j'aie passé par les baguettes, et il faut
50 que je demande mon pain, jusqu'à ce que je puisse en gagner;
tout cela ne pouvait être autrement. — Mon ami, lui dit
l'orateur, croyez-vous que le pape soit l'Antéchrist? — Je
ne l'avais pas encore entendu dire, répondit Candide; mais,
qu'il le soit ou qu'il ne le soit pas, je manque de pain. — Tu
55 ne mérites pas d'en manger, dit l'autre; va, coquin; va,
misérable, ne m'approche de ta vie. » La femme de l'orateur
ayant mis la tête à la fenêtre, et avisant un homme qui dou-
tait que le pape fût antéchrist, lui répandit sur le chef un
plein... O ciel! à quel excès se porte le zèle de la religion
60 dans les dames!

Un homme qui n'avait point été baptisé, un bon ana-
baptiste, nommé Jacques, vit la manière cruelle et igno-
minieuse dont on traitait ainsi un de ses frères, un être
à deux pieds sans plumes, qui avait une âme; il l'emmena
65 chez lui, le nettoya, lui donna du pain et de la bière, lui fit
présent de deux florins, et voulut même lui apprendre à
travailler dans ses manufactures aux étoffes de Perse qu'on
fabrique en Hollande. Candide, se prosternant presque
devant lui, s'écriait : « Maître Pangloss me l'avait bien
70 dit que tout est au mieux dans ce monde, car je suis infini-
ment plus touché de votre extrême générosité que de la
dureté de ce monsieur à manteau noir, et de madame son
épouse. »

Le lendemain, en se promenant, il rencontra un gueux
75 tout couvert de pustules, les yeux morts, le bout du nez
rongé, la bouche de travers, les dents noires, et parlant
de la gorge, tourmenté d'une toux violente, et crachant une
dent à chaque effort.

Soigné par le bon anabaptiste Jacques, Candide rencontre Pangloss dans un état de délabrement affreux dû à une maladie honteuse. Il lui annonce que Cunégonde a été éventrée et violée par les soldats bulgares ainsi que son jeune frère, que le baron et la baronne ont été massacrés, et le beau château détruit. L'anabaptiste les emmène tous deux à Lisbonne. Mais l'honnête homme se noie dans la rade avant d'aborder au Portugal.

CHAPITRE QUATRIÈME

Comment Candide rencontra son ancien maître
de philosophie,
le docteur Pangloss, et ce qui en advint

Candide, plus ému encore de compassion que d'horreur,
donna à cet épouvantable gueux les deux florins qu'il avait
reçus de son honnête anabaptiste Jacques. Le fantôme le
regarda fixement, versa des larmes, et sauta à son cou.
5 Candide, effrayé, recule. « Hélas! dit le misérable à l'autre
misérable, ne reconnaissez-vous plus votre cher Pangloss? —
Qu'entends-je? Vous, mon cher maître? vous, dans cet état
horrible! Quel malheur vous est-il donc arrivé? Pourquoi
n'êtes-vous plus dans le plus beau des châteaux? Qu'est
10 devenue mademoiselle Cunégonde, la perle des filles, le
chef-d'œuvre de la nature? — Je n'en peux plus, dit Pan-
gloss. » Aussitôt Candide le mena dans l'étable de l'ana-
baptiste, où il lui fit manger un peu de pain; et quand Pan-
gloss fut refait : « Eh bien! lui dit-il, Cunégonde? — Elle
15 est morte, reprit l'autre. » Candide s'évanouit à ce mot; son
ami rappela ses sens avec un peu de mauvais vinaigre qui se
trouva par hasard dans l'étable. Candide rouvre les yeux.
« Cunégonde est morte! Ah! meilleur des mondes, où
êtes-vous? Mais de quelle maladie est-elle morte? Ne serait-
20 ce point de m'avoir vu chasser du beau château de monsieur
son père à grands coups de pied? — Non, dit Pangloss,
elle a été éventrée par des soldats bulgares, après avoir été
violée autant qu'on peut l'être; ils ont cassé la tête à mon-
sieur le baron, qui voulait la défendre; madame la baronne
25 a été coupée en morceaux; mon pauvre pupille, traité
précisément comme sa sœur; et quant au château, il n'est
pas resté pierre sur pierre, pas une grange, pas un mouton,
pas un canard, pas un arbre ; mais nous avons été bien
vengés, car les Abares en ont fait autant dans une baronnie
30 voisine qui appartenait à un seigneur bulgare. »
À ce discours, Candide s'évanouit encore; mais, revenu à
soi et ayant dit tout ce qu'il devait dire, il s'enquit de la
cause et de l'effet, et de la raison suffisante qui avaient mis
Pangloss dans un si piteux état. « Hélas! dit l'autre, c'est
35 l'amour : l'amour, le consolateur du genre humain, le con-
servateur de l'univers, l'âme de tous les êtres sensibles,
le tendre amour. — Hélas! dit Candide, je l'ai connu, cet
amour, ce souverain des cœurs, cette âme de notre âme;
il ne m'a jamais valu qu'un baiser et vingt coups de pied au
40 cul. Comment cette belle cause a-t-elle pu produire en vous
un effet si abominable? »

Pangloss répondit en ces termes : « O mon cher Candide !
vous avez connu Paquette, cette jolie suivante de notre
auguste baronne ; j'ai goûté dans ses bras les délices du pa-
45 radis, qui ont produit ces tourments d'enfer dont vous me
voyez dévoré ; elle en était infectée, elle en est peut-être
morte. Paquette tenait ce présent d'un cordelier très savant
qui avait remonté à la source, car il l'avait eu d'une vieille
comtesse, qui l'avait reçu d'un capitaine de cavalerie, qui
50 le devait à une marquise, qui le tenait d'un page, qui l'avait
reçu d'un jésuite qui, étant novice, l'avait eu en droite
ligne d'un des compagnons de Christophe Colomb. Pour
moi, je ne le donnerai à personne, car je me meurs.
 — O Pangloss ! s'écria Candide, voilà une étrange généalo-
55 gie ! n'est-ce pas le diable qui en fut la souche ? — Point
du tout, répliqua ce grand homme ; c'était une chose indis-
pensable dans le meilleur des mondes, un ingrédient néces-
saire : car si Colomb n'avait pas attrapé dans une île de
l'Amérique cette maladie qui empoisonne la source de la
60 génération, qui souvent même empêche la génération, et
qui est évidemment l'opposé du grand but de la nature,
nous n'aurions ni le chocolat ni la cochenille ; il faut encore
observer que jusqu'aujourd'hui, dans notre continent, cette
maladie nous est particulière, comme la controverse. Les
65 Turcs, les Indiens, les Persans, les Chinois, les Siamois, les
Japonais, ne la connaissent pas encore ; mais il y a une raison
suffisante pour qu'ils la connaissent à leur tour dans quelques
siècles. En attendant, elle a fait un merveilleux progrès
parmi nous, et surtout dans ces grandes armées composées
70 d'honnêtes stipendiaires, bien élevés, qui décident du destin
des Etats ; on peut assurer que, quand trente mille hommes
combattent en bataille rangée contre des troupes égales en
nombre, il y a environ vingt mille vérolés de chaque côté.
 — Voilà qui est admirable, dit Candide ; mais il faut
75 vous faire guérir. — Et comment le puis-je ? dit Pangloss ;
je n'ai pas le sou, mon ami, et dans toute l'étendue de ce
globe on ne peut ni se faire saigner, ni prendre un lave-
ment sans payer, ou sans qu'il y ait quelqu'un qui paye
pour nous. »
80 Ce dernier discours détermina Candide ; il alla se jeter
aux pieds de son charitable anabaptiste Jacques, et lui fit
une peinture si touchante de l'état où son ami était réduit,
que le bonhomme n'hésita pas à recueillir le docteur Pan-
gloss ; il le fit guérir à ses dépens. Pangloss, dans la cure,
85 ne perdit qu'un œil et une oreille. Il écrivait bien, et savait
parfaitement l'arithmétique. L'anabaptiste Jacques en fit
son teneur de livres. Au bout de deux mois, étant obligé
d'aller à Lisbonne pour les affaires de son commerce, il
mena dans son vaisseau ses deux philosophes. Pangloss lui

90 expliqua comment tout était on ne peut mieux. Jacques
n'était pas de cet avis. « Il faut bien, disait-il, que les hommes
aient un peu corrompu la nature, car ils ne sont point nés
loups, et ils sont devenus loups. Dieu ne leur a donné ni
canons de vingt-quatre, ni baïonnettes ; et ils se sont fait
95 des baïonnettes et des canons pour se détruire. Je pourrais
mettre en ligne de compte les banqueroutes, et la justice,
qui s'empare des biens des banqueroutiers pour en frustrer
les créanciers. — Tout cela était indispensable, répliquait
le docteur borgne, et les malheurs particuliers font le bien
100 général ; de sorte que plus il y a de malheurs particuliers, et
plus tout est bien. » Tandis qu'il raisonnait, l'air s'obscurcit,
les vents soufflèrent des quatre coins du monde, et le vais-
seau fut assailli de la plus horrible tempête, à la vue du port
de Lisbonne.

▼ **Comment Candide tua le Grand Inquisiteur** (voir ch. IX, p. 42). *(Ph. B. N.)*

CHAPITRE CINQUIÈME

Tempête, naufrage, tremblement de terre, et ce
qui advint du docteur Pangloss, de Candide, et
de l'anabaptiste Jacques

La moitié des passagers affaiblis, expirants de ces angoisses inconcevables que le roulis d'un vaisseau porte dans les nerfs et dans toutes les humeurs du corps agitées en sens contraires, n'avait pas même la force de s'inquiéter du danger.

LE DÉSASTRE DE LISBONNE

30

● LE FAIT HISTORIQUE

Grâce au compte rendu du *Journal étranger* de décembre 1755, à la *Relation historique du tremblement de terre survenu à Lisbonne le 1ᵉʳ novembre 1755*, publiée à La Haye par Ange Goudar en 1756, et au rapport du Genevois Beaumont, commerçant à Lisbonne, qui sont d'ailleurs les sources de Voltaire, nous pouvons imaginer la catastrophe :

A dix heures et demie, heure de la messe, le séisme dure dix minutes. Les églises s'écroulent sur les fidèles. Le palais du roi, la plupart des maisons sont démolis. Le ciel se couvre d'un épais nuage de poussière. Le feu se propage, brûlant arsenaux*, bureaux, chantiers et magasins. Un énorme raz-de-marée* menace de submerger ce qui reste de la ville, et coule dans le port les navires qui appareillaient pour le Brésil.

Le nombre des victimes fixé d'abord à cent mille sous l'effet de la panique*, s'établit autour de trente mille.

● LES RÉACTIONS DE VOLTAIRE

✦ *L'homme sensible.* Sa correspondance reflète une émotion violente nourrie par une imagination réaliste :
« Il est frappé dans cette zone de sa sensibilité qui ne peut tolérer l'image de la souffrance » (**R. Pomeau**).

✦ *Le philosophe* utilise ce fait comme pièce capitale au dossier d'accusation contre la Providence. C'est le *Poème sur le désastre de Lisbonne* (décembre 1755) qui déclenche* la polémique* avec **J.-J. Rousseau**.

● L'UTILISATION ROMANESQUE

✦ Description réaliste, sobre, émouvante.

✦ Les circonstances exceptionnelles révèlent la personnalité des personnages :

— Candide, victime naïve et accablée,

— Le matelot de Batavia, canaille* brutale et cynique,

— En contraste, l'intellectuel Pangloss à la fois savant (sa théorie figure dans le *Mémoire sur les tremblements de terre* d'Elie Bertrand, 1756) et irréaliste, raisonnant toujours et ne se rendant utile qu'à la dernière extrémité.

● 65

5　L'autre moitié jetait des cris et faisait des prières; les voiles
　　étaient déchirées, les mâts brisés, le vaisseau entr'ouvert.
　　Travaillait qui pouvait, personne ne s'entendait, personne
　　ne commandait. L'anabaptiste aidait un peu à la manœuvre;
　　il était sur le tillac; un matelot furieux le frappe rudement et
10　l'étend sur les planches; mais du coup qu'il lui donna, il
　　eut lui-même une si violente secousse qu'il tomba hors du
　　vaisseau, la tête la première. Il restait suspendu et accroché
　　à une partie de mât rompue. Le bon Jacques court à son se-
　　cours, l'aide à remonter, et de l'effort qu'il fait il est préci-
15　pité dans la mer à la vue du matelot, qui le laissa périr sans
　　daigner seulement le regarder. Candide approche, voit son
　　bienfaiteur qui reparaît un moment, et qui est englouti
　　pour jamais. Il veut se jeter après lui dans la mer : le philo-
　　sophe Pangloss l'en empêche, en lui prouvant que la rade de
20　Lisbonne avait été formée exprès pour que cet anabaptiste
　　s'y noyât. Tandis qu'il le prouvait a priori, le vaisseau s'en-
　　tr'ouvre; tout périt, à la réserve de Pangloss, de Candide,
　　et de ce brutal de matelot qui avait noyé le vertueux ana-
　　baptiste : le coquin nagea heureusement jusqu'au rivage,
25　où Pangloss et Candide furent portés sur une planche.

　　　Quand ils furent revenus un peu à eux, ils marchèrent
　　vers Lisbonne; il leur restait quelque argent, avec lequel ils
　　espéraient se sauver de la faim après avoir échappé à la tem-
　　pête.

30　　A peine ont-ils mis le pied dans la ville, en pleurant la
　　mort de leur bienfaiteur, qu'ils sentent la terre trembler
　　sous leurs pas, la mer s'élève en bouillonnant dans le port,
　　et brise les vaisseaux qui sont à l'ancre. Des tourbillons de
　　flammes et de cendres couvrent les rues et les places publi-
35　ques; les maisons s'écroulent, les toits sont renversés sur
　　les fondements, et les fondements se dispersent; trente
　　mille habitants de tout âge et de tout sexe sont écrasés sous
　　des ruines. Le matelot disait en sifflant et en jurant : « Il
　　y aura quelque chose à gagner ici. — Quelle peut être la
40　raison suffisante de ce phénomène? disait Pangloss. — Voici
　　le dernier jour du monde! s'écriait Candide. » Le matelot
　　court incontinent au milieu des débris, affronte la mort pour
　　trouver de l'argent, en trouve, s'en empare, s'enivre, et,
　　ayant cuvé son vin, achète les faveurs de la première fille
45　de bonne volonté qu'il rencontre sur les ruines des maisons
　　détruites, et au milieu des mourants et des morts. Pangloss
　　le tirait cependant par la manche : « Mon ami, lui disait-il,
　　cela n'est pas bien, vous manquez à la raison universelle,
　　vous prenez mal votre temps. — Tête et sang, répondit
50　l'autre, je suis matelot et né à Batavia; j'ai marché quatre
　　fois sur le crucifix dans quatre voyages au Japon; tu as bien
　　trouvé ton homme avec ta raison universelle! »

RÉLATION
HISTORIQUE
DU TREMBLEMENT DE TERRE
survenu à Lisbonne le premier No-
vembre 1755. Avec un détail con-
tenant la perte en Hommes, Eglises,
Convens, Palais, Maisons, Dia-
mans, Meubles, Marchandises, &c.

PRÉCÉDÉE D'UN DISCOURS
Politique sur les avantages que le Por-
tugal pourroit retirer de son malheur.

DANS LEQUEL
L'Auteur développe les moyens que l'Angleterre
avoit mis jusques-là en usage pour ruiner
cette Monarchie.

A LA HAYE,
Chez PHILANTHROPE, à la Vérité.
M. DCC. LVI.

▲　Relation historique du
　　tremblement de terre de
　　Lisbonne (*Ph. Chaumien*).

38 : *siffler* (v.i.) : produire un son aigu
avec la bouche.

38 : *jurer* (v.i.) : ici, blasphémer, pro-
noncer des jurons.

42 : *incontinent* (adv.) : sur le champ,
immédiatement, aussitôt.

42 : *débris* (n.m. du verbe briser) :
morceau d'une chose brisée, détruite
en partie.

42 : *affronter* (v.t.) : attaquer avec
intrépidité, braver.

43 : *enivrer (s')* (v.t.) : rendre ivre.
Syn. : griser.

44 : *cuver* : ici, cuver son vin, dormir
après avoir bu avec excès.

44 : *acheter (les faveurs)* : payer pour
posséder une femme.

51 : *crucifix* (n.m.) : représentation du
Christ en croix.

Quelques éclats de pierre avaient blessé Candide; il était étendu dans la rue et couvert de débris. Il disait à
55 Pangloss : « Hélas! procure-moi un peu de vin et d'huile; je me meurs. — Ce tremblement de terre n'est pas une chose nouvelle, répondit Pangloss; la ville de Lima éprouva les mêmes secousses en Amérique l'année passée; mêmes causes, mêmes effets : il y a certainement une traînée de
60 soufre sous terre depuis Lima jusqu'à Lisbonne. — Rien n'est plus probable, dit Candide; mais, pour Dieu, un peu d'huile et de vin. — Comment, probable? répliqua le philosophe, je soutiens que la chose est démontrée. » Candide perdit connaissance, et Pangloss lui apporta un peu d'eau
65 d'une fontaine voisine.

Le lendemain, ayant trouvé quelques provisions de bouche en se glissant à travers des décombres, ils réparèrent un peu leurs forces. Ensuite ils travaillèrent comme les autres à soulager les habitants échappés à la mort. Quelques cito-
70 yens, secourus par eux, leur donnèrent un aussi bon dîner qu'on le pouvait dans un tel désastre : il est vrai que le repas était triste; les convives arrosaient leur pain de leurs larmes; mais Pangloss les consola, en les assurant que les choses ne pouvaient être autrement : « Car, dit-il, tout
75 ceci est ce qu'il y a de mieux; car s'il y a un volcan à Lisbonne, il ne pouvait être ailleurs; car il est impossible que les choses ne soient pas où elles sont; car tout est bien. »

Un petit homme noir, familier de l'Inquisition, lequel était à côté de lui, prit poliment la parole et dit : « Appa-
80 remment que monsieur ne croit pas au péché originel; car si tout est au mieux, il n'y a donc eu ni chute ni punition.

— Je demande très humblement pardon à Votre Excellence, répondit Pangloss encore plus poliment, car la chute
85 de l'homme et la malédiction entraient nécessairement dans le meilleur des mondes possibles. — Monsieur ne croit donc pas à la liberté? dit le familier. — Votre Excellence m'excusera, dit Pangloss; la liberté peut subsister avec la nécessité absolue : car il était nécessaire que nous fussions
90 libres; car enfin la volonté déterminée... » Pangloss était au milieu de sa phrase, quand le familier fit un signe de tête à son estafier qui lui servait à boire du vin de Porto ou d'Oporto.

54 : *éclat* (n.m.) : ici, fragment d'une pierre brisée.

53 : *secousse* (n.f.) : chacune des oscillations du sol dans un tremblement de terre.

59 : *traînée* (n.f.) : suite, en petites quantités de choses répandue - ici, du soufre.

60 : *soufre* (n.m.) : métalloïde solide (S), d'une couleur jaune citron, insipide et inodore.

62 : *répliquer* (v.i.) : répondre en s'obstinant.

63 : *soutenir* (v.t.) : ici affirmer.

63 : *démontrer* (v.t.) : prouver d'une manière incontestable.

64 : *perdre connaissance* : s'évanouir, perdre pour un temps l'usage de ses sens.

78 : *familier* : qui vit dans l'intimité d'une personne.

78 : *inquisition* : tribunal ecclésiastique institué dans certains pays pour rechercher et condamner les hérétiques.

81 : *chute* : déchéance, péché ; ici : péché d'Adam, péché originel.

83 : *humblement* (adv.) de l'adjectif humble : qui a de l'humilité, qui s'abaisse volontairement.

87 : *Votre Excellence* : titre honorifique donné aux Ambassadeurs, aux ministres, etc.

85 : *malédiction* (n.f.) : ici, malheur fatalité.

89 : *nécessité absolue* : ici, sens philosophique : déterminisme, prédestination.

92 : *estafier* (n.m.) : valet d'arme laquais.

Scènes d'Inquisition (Ph. B.N.)

▲ Condamnés par arrêt de l'Inquisition (Ph. B. N.).

Le tremblement de terre de Lisbonne du 1er novembre 1755. (Ph. Chaumien).

VOLTAIRE ET L'INQUISITION

78 *(Chap. V)*

● CONSTANCE DE SON HORREUR POUR LE FANATISME RELIGIEUX

Cet épisode* prend place dans une lutte acharnée commencée dès sa jeunesse (chant V de la *Henriade*), affirmée dans *l'Essai sur les mœurs* et qui ne se relâchera en rien dans l'article *Inquisition* du *Dictionnaire philosophique*. Le problème est à la pointe de son combat contre « l'Infâme », c'est-à-dire le fanatisme religieux.

● D'OU VIENT SON INFORMATION ?

Déjà **Montesquieu** dans sa *Lettre aux Inquisiteurs* (Esprit des Lois, XXV, 13) avait mis en relief les aspects odieux de cette juridiction au service du fanatisme. Mais Voltaire a été frappé surtout par l'ouvrage de **Dellon**, réimprimé plusieurs fois au début du XVIIIe siècle : *Relation sur l'Inquisition de Goa*. Les planches impressionnantes qui accompagnaient le texte se sont fixées dans son souvenir : il les revoit tandis qu'il décrit l'autodafé.

● POURQUOI CETTE VALEUR « *EXEMPLAIRE* » DE L'INQUISITION ?

Créée après la croisade des Albigeois (1208-1229) pour dépister et châtier les hérétiques, cette institution médiévale était, au XVIIIe siècle, tombée en désuétude*, sauf dans la péninsule ibérique, en Espagne et au Portugal. Mais, comme le massacre des protestants à la Saint-Barthélémy (1572), c'est un symbole éclatant du fanatisme sanglant, bien propre à soulever l'indignation anticléricale.

Non seulement il y a cruauté, mais c'est une cruauté qui cherche à se justifier en établissant des liens absurdes entre de prétendus crimes (comme la trangression* d'une loi ecclésiastique* dans le cas du Biscayen qui a épousé sa commère, ou l'observation d'une loi différente, mais aussi arbitraire, dans le cas du Portugais) et un châtiment impitoyable.

C'est un défi à l'humanité mais aussi au bon sens.

● 93

1 *(Chap. VI)*

● LE TRAITEMENT IRONIQUE DU « BEL AUTODAFÉ »

✦ *L'ironie, d'une manière générale,* consiste à prendre une certaine distance vis-à-vis de la réalité, à affecter* ignorance et objectivité*, pour susciter chez le lecteur l'amusement ou la réflexion, et lui laisser le plaisir de deviner les intentions du conteur. Ici, l'autodafé est un beau spectacle, décrit par un observateur anonyme, naïf, indifférent et précis.

✦ *Procédés employés*

Qualification des choses dont le nom habituel serait odieux, grâce à des euphémismes*, des litotes*, des approximations*, des rapprochements de mots ingénieux et inopinés*. Ainsi la prison devient « *un appartement d'une extrême fraîcheur où on n'était jamais incommodé par le soleil* ».

Feinte impassibilité** dans la description de l'arrestation, des particularités vestimentaires (notamment les peintures des *sanbenito*).

— Jugement purement esthétique et non moral porté sur le sermon ou la musique — souci d'exactitude dans le reportage (« *fessé en cadence,* » « *pendu quoique ce ne soit pas la coutume* »).

Fausse logique : rapprochement de faits hétérogènes* entre lesquels on suggère un lien causal* (« *le même jour, la terre trembla* »).

● 30

CHAPITRE SIXIÈME

*Comment on fit un bel auto-da-fé pour empêcher
les tremblements de terre, et comment Candide fut fessé*

Après le tremblement de terre qui avait détruit les trois quarts de Lisbonne, les sages du pays n'avaient pas trouvé un moyen plus efficace pour prévenir une ruine totale que de donner au peuple un bel auto-da-fé; il était décidé par
5 l'université de Coïmbre que le spectacle de quelques personnes brûlées à petit feu, en grande cérémonie, est un secret infaillible pour empêcher la terre de trembler.

On avait en conséquence saisi un Biscayen convaincu d'avoir épousé sa commère, et deux Portugais qui en man-
10 geant un poulet en avaient arraché le lard : on vint lier après le dîner le docteur Pangloss et son disciple Candide, l'un pour avoir parlé, et l'autre pour avoir écouté avec un air d'approbation : tous deux furent menés séparément dans des appartements d'une extrême fraîcheur, dans les-
15 quels on n'était jamais incommodé du soleil : huit jours après ils furent tous deux revêtus d'un *san-benito*, et on orna leurs têtes de mitres de papier : la mitre et le san-benito de Candide étaient peints de flammes renversées, et de diables qui n'avaient ni queues ni griffes; mais les
20 diables de Pangloss portaient griffes et queues, et les flammes étaient droites. Ils marchèrent en procession ainsi vêtus, et entendirent un sermon très pathétique, suivi d'une belle musique en faux-bourdon. Candide fut fessé en cadence, pendant qu'on chantait; le Biscayen et les deux hommes
25 qui n'avaient point voulu manger de lard furent brûlés, et Pangloss fut pendu, quoique ce ne soit pas la coutume. Le même jour, la terre trembla de nouveau avec un fracas épouvantable.

Candide, épouvanté, interdit, éperdu, tout sanglant, tout
30 palpitant, se disait à lui-même : « Si c'est ici le meilleur des mondes possibles, que sont donc les autres ? Passe encore si je n'étais que fessé, je l'ai été chez les Bulgares; mais, ô mon cher Pangloss! le plus grand des philosophes, faut-il vous avoir vu pendre, sans que je sache pourquoi! O mon
35 cher anabaptiste! le meilleur des hommes, faut-il que vous ayez été noyé dans le port! ô mademoiselle Cunégonde! la perle des filles, faut-il qu'on vous ait fendu le ventre! »

Il s'en retournait, se soutenant à peine, prêché, fessé, absous et béni, lorsqu'une vieille l'aborda, et lui dit : « Mon
40 fils, prenez courage, suivez-moi. »

2 : *sage* : philosophe, savant, comme les sept sages de la Grèce antique.
3 : *efficace* (adj.) : qui produit l'effet attendu.
4 : *auto-da-fé* (du portugais : acte de foi). : Supplice du feu qu'ordonnait l'inquisition.
6 : *cérémonie* : forme extérieure et régulière d'un culte. Par extension forme extérieure de solennité à l'occasion d'un événement.
7 : *infaillible* (adj.) : certain immanquable.
9 : *commère* (n.f.) : par rapport au parrain, femme qui a tenu un enfant sur les fonts baptismaux.
10 : *lard* (n.m.) : hypoderme épais et chargé de matières grasses, chez certains animaux comme le porc.
13 : *approbation (air d')* (n.f.) : consentement, autorisation, jugement favorable.
14 : *fraîcheur* (n.f.) : qualité de ce qui est légèrement ou agréablement froid.
15 : *incommoder* (v.t.) : causer de la gêne, du malaise.
16 : *revêtir* (v.t.) : se couvrir d'un vêtement. Ici, se recouvrir la tête d'une mitre.
16 : *San-Benito* : proprement : Saint-Benoît. Casaque jaune rappelant le vêtement bénédictin, dont on habillait les condamnés au bûcher.
17 : *mitre* (n.f.) : coiffure haute et pointue des Anciens Perses. Coiffure des prélats lorsqu'ils officient.
18 : *renverser* (v.t.) : ici, mis à l'envers.
21 : *procession* (n.f.) : ici, défilé solennel.
22 : *sermon* (n.m.) : discours religieux prononcé en chaire.
22 : *pathétique* (adj.) : qui émeut fortement.
23 : *faux-bourdon* (n.m.) : chant d'église, plus spécialement harmonisation de psaumes exécutés à plusieurs parties et se répétant identique à chaque verset.
23 : *fesser* (v.t.) : fouetter, frapper.
23 : *cadence* (n.f.) : ici, répétition de mouvements qui se succèdent d'une façon régulière et mesurée.
27 : *fracas* (n.m.) : rupture ou fracture avec violence et bruit.
28 : *épouvantable* (adj.) : qui cause de l'épouvante.
29 : *épouvanté* (adj.) : rempli d'épouvante.
29 : *interdit* : ici, étonné, troublé.
29 : *éperdu* (adj.) : troublé par une violente émotion.

CHAPITRE SEPTIÈME

Comment une vieille prit soin de Candide,
et comment il retrouva ce qu'il aimait

Candide ne prit point courage, mais il suivit la vieille dans
une masure : elle lui donna un pot de pommade pour se
frotter, lui laissa à manger et à boire; elle lui montra un
petit lit assez propre; il y avait auprès du lit un habit com-
5 plet. « Mangez, buvez, dormez, lui dit-elle, et que Notre-
Dame d'Atocha, monseigneur St. Antoine de Padoue, et
monseigneur St. Jacques de Compostelle prennent soin de
vous! je reviendrai demain. » Candide, toujours étonné
de tout ce qu'il avait vu, de tout ce qu'il avait souffert, et
10 encore plus de la charité de la vieille, voulut lui baiser la
main. « Ce n'est pas ma main qu'il faut baiser, dit la vieille;
je reviendrai demain. Frottez-vous de pommade, mangez et
dormez. »

Candide, malgré tant de malheurs, mangea et dormit.
15 Le lendemain, la vieille lui apporte à déjeuner, visite son
dos, le frotte elle-même d'une autre pommade; elle lui
apporte ensuite à dîner; elle revient sur le soir, et apporte
à souper. Le surlendemain, elle fit encore les mêmes céré-
monies. « Qui êtes-vous? lui disait toujours Candide; qui

Candide est soigné par une
vieille qui l'amène ensuite
chez ...Cunégonde ! Celle-ci
n'est pas morte comme le
croyait Pangloss. Elle raconte
son histoire : prisonnière chez
les Bulgares, vendue à un juif
qui l'a amenée au Portugal,
elle partage ses faveurs entre
ce juif et un grand inquisiteur.
Précisément le juif, qui les
trouve à table, tire son cou-
teau, Candide le tue ; ensuite
il tue également l'inquisiteur.
Puis, avec la vieille et Cuné-
gonde, il s'embarque à Cadix.
Sur le navire, la vieille
raconte à son tour son his-
toire : Princesse, capturée par
des corsaires turcs, esclave
au Maroc puis à Alger, les
janissaires lui ont coupé une
fesse un jour de disette...

20 vous a inspiré tant de bonté? quelles grâces puis-je vous
rendre? » La bonne femme ne répondait jamais rien; elle
revint sur le soir, et n'apporta point à souper : «Venez
avec moi, dit-elle, et ne dites mot. » Elle le prend sous le
bras, et marche avec lui dans la campagne environ un quart
25 de mille : ils arrivent à une maison isolée, entourée de jar-
dins et de canaux. La vieille frappe à une petite porte. On
ouvre; elle mène Candide, par un escalier dérobé, dans un
cabinet doré, le laisse sur un canapé de brocart, referme la
porte, et s'en va. Candide croyait rêver, et regardait toute
30 sa vie comme un songe funeste, et le moment présent comme
un songe agréable.

La vieille reparut bientôt; elle soutenait avec peine une
femme tremblante, d'une taille majestueuse, brillante de
pierreries, et couverte d'un voile. «Otez ce voile », dit
35 la vieille à Candide. Le jeune homme approche; il lève le
voile d'une main timide. Quel moment! quelle surprise!
il croit voir mademoiselle Cunégonde; il la voyait en effet,
c'était elle-même. La force lui manque, il ne peut proférer
une parole, il tombe à ses pieds. Cunégonde tombe sur le
40 canapé. La vieille les accable d'eaux spiritueuses, ils repren-
nent leurs sens, ils se parlent; ce sont d'abord des mots
entrecoupés, des demandes et des réponses qui se croisent,
des soupirs, des larmes, des cris. La vieille leur recommande
de faire moins de bruit, et les laisse en liberté. « Quoi!
45 c'est vous, lui dit Candide; vous vivez! je vous retrouve en
Portugal! On ne vous a donc pas violée? On ne vous a point
fendu le ventre, comme le philosophe Pangloss me l'avait
assuré? — Si fait, dit la belle Cunégonde; mais on ne meurt
pas toujours de ces deux accidents. — Mais votre père et
50 votre mère ont-ils été tués? — Il n'est que trop vrai, dit
Cunégonde en pleurant. — Et votre frère? — Mon frère
a été tué aussi. — Et pourquoi êtes-vous en Portugal? et
comment avez-vous su que j'y étais et par quelle étrange
aventure m'avez-vous fait conduire dans cette maison? —
55 Je vous dirai tout cela, répliqua la dame; mais il faut aupa-
ravant que vous m'appreniez tout ce qui vous est arrivé
depuis le baiser innocent que vous me donnâtes, et les
coups de pied que vous reçûtes. »

Candide lui obéit avec un profond respect; et quoiqu'il
60 fût interdit, quoique sa voix fût faible et tremblante, quoique
l'échine lui fît encore un peu mal, il lui raconta de la manière
la plus naïve tout ce qu'il avait éprouvé depuis le moment
de leur séparation. Cunégonde levait les yeux au ciel : elle
donna des larmes à la mort du bon anabaptiste et de Pan-
65 gloss; après quoi elle parla en ces termes à Candide, qui ne
perdait pas une parole, et qui la dévorait des yeux.

CHAPITRE HUITIÈME

Histoire de Cunégonde

« J'étais dans mon lit et je dormais profondément, quand il plut au Ciel d'envoyer les Bulgares dans notre beau château de Thunder-ten-tronckh ; ils égorgèrent mon père et mon frère, et coupèrent ma mère par morceaux. Un grand
5 Bulgare, haut de six pieds, voyant qu'à ce spectacle j'avais perdu connaissance, se mit à me violer ; cela me fit revenir, je repris mes sens, je criai, je me débattis, je mordis, j'égratignai, je voulais arracher les yeux à ce grand Bulgare, ne sachant pas que tout ce qui arrivait dans le château de mon
10 père était une chose d'usage : le brutal me donna un coup de couteau dans le flanc gauche dont je porte encore la marque. — Hélas ! j'espère bien la voir, dit le naïf Candide. — Vous la verrez, dit Cunégonde ; mais continuons. — Continuez », dit Candide.
15 Elle reprit ainsi le fil de son histoire : « Un capitaine bulgare entra, il me vit toute sanglante, et le soldat ne se dérangeait pas. Le capitaine se mit en colère du peu de respect que lui témoignait ce brutal, et le tua sur mon corps. Ensuite il me fit panser, et m'emmena prisonnière de guerre
20 dans son quartier. Je blanchissais le peu de chemises qu'il avait, je faisais sa cuisine ; il me trouvait fort jolie, il faut l'avouer ; et je nierai pas qu'il ne fût très bien fait, et qu'il n'eût la peau blanche et douce ; d'ailleurs peu d'esprit, peu de philosophie : on voyait bien qu'il n'avait pas été
25 élevé par le docteur Pangloss. Au bout de trois mois, ayant perdu tout son argent, et s'étant dégoûté de moi, il me vendit à un juif nommé don Issachar, qui trafiquait en Hollande et en Portugal, et qui aimait passionnément les femmes. Ce juif s'attacha beaucoup à ma personne, mais il ne pouvait
30 en triompher ; je lui ai mieux résisté qu'au soldat bulgare : une personne d'honneur peut être violée une fois, mais sa vertu s'en affermit. Le juif, pour m'apprivoiser, me mena dans cette maison de campagne que vous voyez. J'avais cru jusque-là qu'il n'y avait rien sur la terre de si beau que
35 le château de Thunder-ten-tronckh ; j'ai été détrompée.
« Le grand inquisiteur m'aperçut un jour à la messe ; il me lorgna beaucoup, et me fit dire qu'il avait à me parler pour des affaires secrètes. Je fus conduite à son palais ; je lui appris ma naissance ; il me représenta combien il était
40 au-dessous de mon rang d'appartenir à un israélite. On proposa de sa part à don Issachar de me céder à Monseigneur.

Don Issachar, qui est le banquier de la cour, et homme de
crédit, n'en voulut rien faire. L'inquisiteur le menaça d'un
auto-da-fé. Enfin mon juif, intimidé, conclut un marché par
45 lequel la maison et moi leur appartiendraient à tous deux en
commun ; que le juif aurait pour lui les lundis, mercredis et
le jour du sabbat, et que l'inquisiteur aurait les autres jours
de la semaine. Il y a six mois que cette convention subsiste.
Ce n'a pas été sans querelles ; car souvent il a été indécis
50 si la nuit du samedi au dimanche appartenait à l'ancienne
loi ou à la nouvelle. Pour moi, j'ai résisté jusqu'à présent à
toutes les deux ; et je crois que c'est pour cette raison que
j'ai toujours été aimée.

 « Enfin, pour détourner le fléau des tremblements de
55 terre, et pour intimider don Issachar, il plut à monseigneur
l'inquisiteur de célébrer un auto-da-fé. Il me fit l'honneur
de m'y inviter. Je fus très bien placée ; on servit aux dames
des rafraîchissements entre la messe et l'exécution. Je fus,
à la vérité, saisie d'horreur en voyant brûler ces deux juifs
60 et cet honnête Biscayen qui avait épousé sa commère ;
mais quelle fut ma surprise, mon effroi, mon trouble, quand
je vis, dans un san-benito et sous une mitre, une figure qui
ressemblait à celle de Pangloss ? Je me frottai les yeux, je
regardai attentivement, je le vis pendre ; je tombai en fai-
65 blesse. A peine reprenais-je mes sens que je vous vis dé-
pouillé tout nu ; ce fut là le comble de l'horreur, de la cons-
ternation, de la douleur, du désespoir. Je vous dirai, avec
vérité, que votre peau est encore plus blanche, et d'un
incarnat plus parfait que celle de mon capitaine des Bulgares.
70 Cette vue redoubla tous les sentiments qui m'accablaient,
qui me dévoraient. Je m'écriai, je voulus dire : « Arrêtez,
barbares ! » Mais la voix me manqua, et mes cris auraient
été inutiles. Quand vous eûtes été bien fessé : « Comment
se peut-il faire, disais-je, que l'aimable Candide et le sage
75 Pangloss se trouvent à Lisbonne, l'un pour recevoir cent
coups de fouet, et l'autre pour être pendu par l'ordre de
monseigneur l'inquisiteur, dont je suis la bien-aimée ? Pan-
gloss m'a donc bien cruellement trompée, quand il me disait
que tout va le mieux du monde. »

80 « Agitée, éperdue, tantôt hors de moi-même, et tantôt
prête de mourir de faiblesse, j'avais la tête remplie du mas-
sacre de mon père, de ma mère, de mon frère, de l'inso-
lence de mon vilain soldat bulgare, du coup de couteau qu'il
me donna, de ma servitude, de mon métier de cuisinière,
85 de mon capitaine bulgare, de mon vilain don Issachar, de
mon abominable inquisiteur, de la pendaison du docteur
Pangloss, de ce grand *miserere* en faux-bourdon pendant
lequel on vous fessait, et surtout du baiser que je vous avais
donné derrière un paravent, le jour que je vous avais vu

▲ Un repas de philosophes (*Ph. Harlingue-Violet*)

90 pour la dernière fois. Je louai Dieu, qui vous ramenait à
 moi par tant d'épreuves. Je recommandai à ma vieille d'avoir
 soin de vous, et de vous amener ici dès qu'elle le pourrait.
 Elle a très bien exécuté ma commission; j'ai goûté le plaisir
 inexprimable de vous revoir, de vous entendre, de vous
95 parler. Vous devez avoir une faim dévorante; j'ai grand
 appétit; commençons par souper. »
 Les voilà qui se mettent tous deux à table; et, après le
 souper, ils se replacent sur ce beau canapé dont on a déjà
 parlé ; ils y étaient quand le signor don Issachar, l'un des
100 maîtres de la maison, arriva. C'était le jour du sabbat. Il
 venait jouir de ses droits, et expliquer son tendre amour.

CHAPITRE NEUVIÈME

Ce qui advint de Cunégonde, de Candide,
du grand inquisiteur, et d'un juif

 Cet Issachar était le plus colérique Hébreu qu'on eût
 vu dans Israël, depuis la captivité en Babylone. « Quoi!
 dit-il, chienne de galiléenne, ce n'est pas assez de monsieur
 l'inquisiteur? Il faut que ce coquin partage aussi avec moi? »
5 En disant cela il tire un long poignard dont il était toujours
 pourvu, et, ne croyant pas que son adverse partie eût des
 armes, il se jette sur Candide; mais notre bon Westphalien
 avait reçu une belle épée de la vieille avec l'habit complet.
 Il tire son épée, quoiqu'il eût les mœurs fort douces, et vous
10 étend l'israélite roide mort sur le carreau, aux pieds de la
 belle Cunégonde.
 « Sainte Vierge! s'écria-t-elle, qu'allons-nous devenir?
 Un homme tué chez moi! si la justice vient, nous sommes
 perdus. — Si Pangloss n'avait pas été pendu, dit Candide,
15 il nous donnerait un bon conseil dans cette extrémité,
 car c'était un grand philosophe. A son défaut, consultons
 la vieille. » Elle était fort prudente, et commençait à dire
 son avis quand une autre petite porte s'ouvrit. Il était une
 heure après minuit, c'était le commencement du dimanche.
20 Ce jour appartenait à monseigneur l'inquisiteur. Il entre et
 voit le fessé Candide, l'épée à la main, un mort étendu par
 terre, Cunégonde effarée, et la vieille donnant des conseils.
 Voici dans ce moment ce qui se passa dans l'âme de Can-
 dide, et comment il raisonna : « Si ce saint homme appelle
25 du secours, il me fera infailliblement brûler, il pourra en
 faire autant de Cunégonde; il m'a fait fouetter impitoyable-
 ment; il est mon rival; je suis en train de tuer; il n'y a pas
 à balancer. » Ce raisonnement fut net et rapide; et, sans
 donner le temps à l'inquisiteur de revenir de sa surprise,

30 il le perce d'outre en outre, et le jette à côté du juif. « En
voici bien d'une autre, dit Cunégonde; il n'y a plus de ré-
mission; nous sommes excommuniés, notre dernière heure
est venue! Comment avez-vous fait, vous qui êtes né si doux,
pour tuer en deux minutes un juif et un prélat? — Ma belle
35 demoiselle, répondit Candide, quand on est amoureux,
jaloux, et fouetté par l'Inquisition, on ne se connaît plus. »
La vieille prit alors la parole, et dit : « Il y a trois chevaux
andalous dans l'écurie, avec leurs selles et leurs brides : que
le brave Candide les prépare; madame a des moyadors et
40 des diamants, montons vite à cheval, quoique je ne puisse
me tenir que sur une fesse, et allons à Cadix; il fait le plus
beau temps du monde, et c'est un grand plaisir de voyager
pendant la fraîcheur de la nuit. »
Aussitôt Candide selle les trois chevaux. Cunégonde,
45 la vieille, et lui, font trente milles d'une traite. Pendant
qu'ils s'éloignaient, la Ste Hermandad arrive dans la maison ;
on enterre monseigneur dans une belle église et on jette
Issachar à la voirie.
Candide, Cunégonde, et la vieille, étaient déjà dans la
50 petite ville d'Avacéna, au milieu des montagnes de la Sierra-
Morena; et ils parlaient ainsi dans un cabaret.

CHAPITRE DIXIÈME

Dans quelle détresse
Candide, Cunégonde et la vieille
arrivent à Cadix, et de leur embarquement

« Qui a donc pu me voler mes pistoles et mes diamants?
disait en pleurant Cunégonde; de quoi vivrons-nous? com-
ment ferons-nous ? où trouver des inquisiteurs et des juifs
qui m'en donnent d'autres ? — Hélas! dit la vieille, je soup-
5 çonne fort un révérend père cordelier qui coucha hier dans
la même auberge que nous à Badajos; Dieu me garde de
faire un jugement téméraire! mais il entra deux fois dans
notre chambre, et il partit longtemps avant nous. — Hélas!
dit Candide, le bon Pangloss m'avait souvent prouvé que les
10 biens de la terre sont communs à tous les hommes, que
chacun y a un droit égal. Ce cordelier devait bien, suivant
ces principes, nous laisser de quoi achever notre voyage.
Il ne vous reste donc rien du tout, ma belle Cunégonde ? —
Pas un maravédis, dit-elle. — Quel parti prendre ? dit
15 Candide. — Vendons un des chevaux, dit la vieille; je mon-
terai en croupe derrière mademoiselle, quoique je ne puisse
me tenir que sur une fesse, et nous arriverons à Cadix. »

Il y avait dans la même hôtellerie un prieur de bénédic-
tins; il acheta le cheval bon marché. Candide, Cunégonde, et
20 la vieille passèrent par Lucena, par Chillas, par Lebrixa, et
arrivèrent enfin à Cadix. On y équipait une flotte, et on y
assemblait des troupes pour mettre à la raison les révérends
pères jésuites du Paraguay, qu'on accusait d'avoir fait ré-
volter une de leurs hordes contre les rois d'Espagne et de
25 Portugal, auprès de la ville du St. Sacrement. Candide, ayant
servi chez les Bulgares, fit l'exercice bulgarien devant le
général de la petite armée avec tant de grâce, de célérité,
d'adresse, de fierté, d'agilité, qu'on lui donna une compagnie
d'infanterie à commander. Le voilà capitaine; il s'embarque
30 avec mademoiselle Cunégonde, la vieille, deux valets, et les
deux chevaux andalous qui avaient appartenu à monsieur
le grand inquisiteur de Portugal.

Pendant toute la traversée ils raisonnèrent beaucoup
sur la philosophie du pauvre Pangloss. « Nous allons dans
35 un autre univers, disait Candide; c'est dans celui-là, sans
doute, que tout est bien. Car il faut avouer qu'on pourrait
gémir un peu de ce qui se passe dans le nôtre en physique
et en morale. — Je vous aime de tout mon cœur, disait
Cunégonde; mais j'ai encore l'âme tout effarouchée de ce
40 que j'ai vu, de ce que j'ai éprouvé. — Tout ira bien, répli-
quait Candide; la mer de ce nouveau monde vaut déjà
mieux que les mers de notre Europe; elle est plus calme,
les vents plus constants. C'est certainement le nouveau
monde qui est le meilleur des univers possibles. — Dieu
45 le veuille! disait Cunégonde; mais j'ai été si horriblement
malheureuse dans le mien que mon cœur est presque fermé
à l'espérance. — Vous vous plaignez, leur dit la vieille;
hélas! vous n'avez pas éprouvé des infortunes telles que les
miennes. » Cunégonde se mit presque à rire, et trouva
50 cette bonne femme fort plaisante de prétendre être plus
malheureuse qu'elle. « Hélas! lui dit-elle, ma bonne, à
moins que vous n'ayez été violée par deux Bulgares, que
vous n'ayez reçu deux coups de couteau dans le ventre,
qu'on n'ait démoli deux de vos châteaux, qu'on n'ait égorgé
55 à vos yeux deux mères et deux pères, et que vous n'ayez
vu deux de vos amants fouettés dans un auto-da-fé, je ne
vois pas que vous puissiez l'emporter sur moi; ajoutez que
je suis née baronne avec soixante et douze quartiers, et
que j'ai été cuisinière. — Mademoiselle, répondit la vieille,
60 vous ne savez pas quelle est ma naissance; et si je vous mon-
trais mon derrière, vous ne parleriez pas comme vous faites,
et vous suspendriez votre jugement. » Ce discours fit naître
une extrême curiosité dans l'esprit de Cunégonde et de
Candide. La vieille leur parla en ces termes.

CHAPITRE ONZIÈME

Histoire de la vieille

« Je n'ai pas eu toujours les yeux éraillés et bordés d'écar-
late ; mon nez n'a pas toujours touché à mon menton, et
je n'ai pas toujours été servante. Je suis la fille du pape
Urbain X et de la princesse de Palestrine. On m'éleva jus-
5 qu'à quatorze ans dans un palais auquel tous les châteaux
de vos barons allemands n'auraient pas servi d'écurie ; et
une de mes robes valait mieux que toutes les magnificences
de la Westphalie. Je croissais en beauté, en grâces, en talents,
au milieu des plaisirs, des respects, et des espérances. J'ins-
10 pirais déjà de l'amour ; ma gorge se formait ; et quelle
gorge ! blanche, ferme, taillée comme celle de la Vénus de
Médicis ; et quels yeux ! quelles paupières ! quels sourcils
noirs ! quelles flammes brillaient dans mes deux prunelles,
et effaçaient la scintillation des étoiles, comme me disaient
15 les poètes du quartier. Les femmes qui m'habillaient et qui
me déshabillaient tombaient en extase en me regardant
par-devant et par-derrière ; et tous les hommes auraient
voulu être à leur place.

« Je fus fiancée à un prince souverain de Massa-Carrara.
20 Quel prince ! aussi beau que moi, pétri de douceur et d'agré-
ments, brillant d'esprit et brûlant d'amour. Je l'aimais comme
on aime pour la première fois, avec idolâtrie, avec emporte-
ment. Les noces furent préparées. C'était une pompe, une
magnificence inouïe ; c'étaient des fêtes, des carrousels, des
25 opéra-buffa continuels ; et toute l'Italie fit pour moi des
sonnets dont il n'y eut pas un seul de passable. Je touchais au
moment de mon bonheur, quand une vieille marquise qui
avait été maîtresse de mon prince l'invita à prendre du choco-
lat chez elle. Il mourut en moins de deux heures avec des
30 convulsions épouvantables. Mais ce n'est qu'une bagatelle. Ma
mère, au désespoir, et bien moins affligée que moi, voulut
s'arracher pour quelque temps à un séjour si funeste. Elle
avait une très belle terre auprès de Gaïète. Nous nous embar-
quâmes sur une galère du pays, dorée comme l'autel de
35 St. Pierre de Rome. Voilà qu'un corsaire de Salé fond sur
nous et nous aborde ; nos soldats se défendirent comme des
soldats du pape : ils se mirent tous à genoux en jetant leurs
armes, et en demandant au corsaire une absolution *in arti-
culo mortis*.

40 « Aussitôt on les dépouilla nus comme des singes, et ma
mère aussi, nos filles d'honneur aussi, et moi aussi. C'est
une chose admirable que la diligence avec laquelle ces mes-
sieurs déshabillent le monde. Mais ce qui me surprit davan-
tage, c'est qu'ils nous mirent à tous le doigt dans un endroit
45 où nous autres femmes nous ne nous laissons mettre d'ordi-
naire que des canules. Cette cérémonie me paraissait bien
étrange : voilà comme on juge de tout quand on n'est pas
sorti de son pays. J'appris bientôt que c'était pour voir
si nous n'avions pas caché là quelques diamants : c'est un
50 usage établi de temps immémorial parmi les nations policées
qui courent sur mer. J'ai su que messieurs les religieux
chevaliers de Malte n'y manquent jamais quand ils prennent
des Turcs et des Turques; c'est une loi du droit des gens à
laquelle on n'a jamais dérogé.
55 « Je ne vous dirai point combien il est dur pour une jeune
princesse d'être menée esclave à Maroc avec sa mère. Vous
concevez assez tout ce que nous eûmes à souffrir dans le
vaisseau corsaire. Ma mère était encore très belle; nos filles
d'honneur, nos simples femmes de chambre, avaient plus
60 de charmes qu'on n'en peut trouver dans toute l'Afrique.
Pour moi, j'étais ravissante, j'étais la beauté, la grâce même,
et j'étais pucelle. Je ne le fus pas longtemps : cette fleur, qui
avait été réservée pour le beau prince de Massa-Carrara,
me fut ravie par le capitaine corsaire; c'était un nègre
65 abominable, qui croyait encore me faire beaucoup d'hon-
neur. Certes il fallait que madame la princesse de Palestrine
et moi fussions bien fortes pour résister à tout ce que nous
éprouvâmes jusqu'à notre arrivée à Maroc. Mais passons;
ce sont des choses si communes qu'elles ne valent pas la
70 peine qu'on en parle.
« Maroc nageait dans le sang quand nous arrivâmes.
Cinquante fils de l'empereur Muleismaël avaient chacun
leur parti : ce qui produisait en effet cinquante guerres
civiles, de noirs contre noirs, de noirs contre basanés, de
75 basanés contre basanés, de mulâtres contre mulâtres :
c'était un carnage continuel dans toute l'étendue de l'empire.
« A peine fûmes-nous débarquées que des noirs d'une
faction ennemie de celle de mon corsaire se présentèrent
pour lui enlever son butin. Nous étions, après les diamants
80 et l'or, ce qu'il avait de plus précieux. Je fus témoin d'un
combat tel que vous n'en voyez jamais dans vos climats
d'Europe. Les peuples septentrionaux n'ont pas le sang
assez ardent. Ils n'ont pas la rage des femmes au point où
elle est commune en Afrique. Il semble que vos Européens
85 aient du lait dans les veines; c'est du vitriol, c'est du feu qui
coule dans celles des habitants du mont Atlas et des pays
voisins. On combattit avec la fureur des lions, des tigres et

des serpents de la contrée, pour savoir à qui nous aurait.
Un Maure saisit ma mère par le bras droit, le lieutenant de
90 mon capitaine la retint par le bras gauche ; un soldat maure
la prit par une jambe, un de nos pirates la tenait par l'au-
tre. Nos filles se trouvèrent presque toutes en un moment
tirées ainsi à quatre soldats. Mon capitaine me tenait cachée
derrière lui. Il avait le cimeterre au poing, et tuait tout ce
95 qui s'opposait à sa rage. Enfin je vis toutes nos Italiennes et
ma mère déchirées, coupées, massacrées par les monstres
qui se les disputaient. Les captifs, mes compagnons, ceux
qui les avaient pris, soldats, matelots, noirs, basanés, blancs,
mulâtres, et enfin mon capitaine, tout fut tué, et je demeurai
100 mourante sur un tas de morts. Des scènes pareilles se pas-
saient, comme on sait, dans l'étendue de plus de trois cents
lieues, sans qu'on manquât aux cinq prières par jour or-
données par Mahomet.

« Je me débarrassai avec beaucoup de peine de la foule
105 de tant de cadavres sanglants entassés, et je me traînai sous
un grand oranger au bord d'un ruisseau voisin ; j'y tombai
d'effroi, de lassitude, d'horreur, de désespoir et de faim.
Bientôt après, mes sens accablés se livrèrent à un sommeil
qui tenait plus de l'évanouissement que du repos. J'étais
110 dans cet état de faiblesse et d'insensibilité, entre la mort et
la vie, quand je me sentis pressée de quelque chose qui
s'agitait sur mon corps ; j'ouvris les yeux, je vis un homme
blanc et de bonne mine qui soupirait, et qui disait entre ses
dents : *O che sciagura d'essere senza c...!*

CHAPITRE DOUZIÈME

Suite des malheurs de la vieille

« Etonnée et ravie d'entendre la langue de ma patrie, et
non moins surprise des paroles que proférait cet homme,
je lui répondis qu'il y avait de plus grands malheurs que
celui dont il se plaignait. Je l'instruisis en peu de mots des
5 horreurs que j'avais essuyées, et je retombai en faiblesse.
Il m'emporta dans une maison voisine, me fit mettre au lit,
me fit donner à manger, me servit, me consola, me flatta,
me dit qu'il n'avait rien vu de si beau que moi, et que jamais
il n'avait tant regretté ce que personne ne pouvait lui ren-

10 dre. « Je suis né à Naples, me dit-il; on y chaponne deux ou
trois mille enfants tous les ans; les uns en meurent, les autres
acquièrent une voix plus belle que celle des femmes, les
autres vont gouverner des Etats. On me fit cette opération
avec un très grand succès, et j'ai été musicien de la chapelle
15 de madame la princesse de Palestrine. — De ma mère!
m'écriai-je. — De votre mère! s'écria-t-il en pleurant;
quoi! vous seriez cette jeune princesse que j'ai élevée jus-
qu'à l'âge de six ans, et qui promettait déjà d'être aussi
belle que vous êtes ? — C'est moi-même; ma mère est à
20 quatre cents pas d'ici, coupée en quartiers sous un tas de
morts... »

 « Je lui contai tout ce qui m'était arrivé; il me conta
aussi ses aventures, et m'apprit comment il avait été envoyé
chez le roi de Maroc par une puissance chrétienne, pour
25 conclure avec ce monarque un traité par lequel on lui four-
nirait de la poudre, des canons, et des vaisseaux, pour l'aider
à exterminer le commerce des autres chrétiens. « Ma mis-
sion est faite, dit cet honnête eunuque; je vais m'embarquer
à Ceuta, et je vous ramènerai en Italie. *Ma che sciagura*
30 *d'essere senza c...!* »

 « Je le remerciai avec des larmes d'attendrissement; et
au lieu de me mener en Italie, il me conduisit à Alger, et
me vendit au dey de cette province. A peine fus-je vendue
que cette peste qui a fait le tour de l'Afrique, de l'Asie et
35 de l'Europe, se déclara dans Alger avec fureur. Vous avez vu
des tremblements de terre; mais, mademoiselle, avez-vous
jamais eu la peste ? — Jamais, répondit la baronne.

 — Si vous l'aviez eue, reprit la vieille, vous avoueriez
qu'elle est bien au-dessus d'un tremblement de terre. Elle
40 est fort commune en Afrique; j'en fus attaquée. Figurez-vous
quelle situation pour la fille d'un pape, âgée de quinze ans,
qui en trois mois de temps avait éprouvé la pauvreté, l'es-
clavage, avait été violée presque tous les jours, avait vu
couper sa mère en quatre, avait essuyé la faim et la guerre,
45 et mourait pestiférée dans Alger. Je n'en mourus pourtant
pas; mais mon eunuque et le dey, et presque tout le sérail
d'Alger périrent.

 « Quand les premiers ravages de cette épouvantable
peste furent passés, on vendit les esclaves du dey. Un mar-
50 chand m'acheta, et me mena à Tunis; il me vendit à un autre
marchand, qui me revendit à Tripoli; de Tripoli je fus reven-
due à Alexandrie, d'Alexandrie revendue à Smyrne, de
Smyrne à Constantinople. J'appartins enfin à un aga des
janissaires, qui fut bientôt commandé pour aller défendre
55 Azof contre les Russes, qui l'assiégeaient.

 « L'aga, qui était un très galant homme, mena avec lui
tout son sérail, et nous logea dans un petit fort sur les Palus

Méotides, gardé par deux eunuques noirs et vingt soldats.
On tua prodigieusement de Russes, mais ils nous le rendirent
60 bien. Azof fut mis à feu et à sang, et on ne pardonna ni au
sexe, ni à l'âge; il ne resta que notre petit fort; les ennemis
voulurent nous prendre par famine. Les vingt janissaires
avaient juré de ne se jamais rendre. Les extrémités de la
faim où ils furent réduits les contraignirent à manger nos
65 deux ennuques, de peur de violer leur serment. Au bout
de quelques jours ils résolurent de manger les femmes.

« Nous avions un iman très pieux et très compatissant,
qui leur fit un beau sermon par lequel il leur persuada de
ne nous pas tuer tout à fait. « Coupez, dit-il, seulement une
70 fesse à chacune de ces dames, vous ferez très bonne chère;
s'il faut y revenir, vous en aurez encore autant dans quelques
jours; le ciel vous saura gré d'une action si charitable, et
vous serez secourus. »

« Il avait beaucoup d'éloquence; il les persuada. On nous
75 fit cette horrible opération. L'iman nous appliqua le même
baume qu'on met aux enfants qu'on vient de circoncire.
Nous étions toutes à la mort.

« A peine les janissaires eurent-ils fait le repas que nous
leur avions fourni, que les Russes arrivent sur des bateaux
80 plats : il ne réchappa pas un janissaire. Les Russes ne firent
aucune attention à l'état où nous étions. Il y a partout des
chirurgiens français; un d'eux, qui était fort adroit, prit
soin de nous; il nous guérit, et je me souviendrai toute ma
vie que, quand mes plaies furent bien fermées, il me fit des
85 propositions. Au reste, il nous dit à toutes de nous consoler;
il nous assura que dans plusieurs sièges pareille chose était
arrivée, et que c'était la loi de la guerre.

« Dès que mes compagnes purent marcher, on les fit aller
à Moscou. J'échus en partage à un boyard qui me fit sa jar-
90 dinière, et qui me donnait vingt coups de fouet par jour;
mais ce seigneur ayant été roué au bout de deux ans avec
une trentaine de boyards pour quelque tracasserie de cour,
je profitai de cette aventure : je m'enfuis; je traversai toute
la Russie; je fus longtemps servante de cabaret à Riga, puis
95 à Rostock, à Vismar, à Leipsick, à Cassel, à Utrecht, à Leyde,
à La Haye, à Rotterdam; j'ai vieilli dans la misère et dans
l'opprobre, n'ayant que la moitié d'un derrière, me souve-
nant toujours que j'étais fille d'un pape; je voulus cent fois
me tuer, mais j'aimais encore la vie. Cette faiblesse ridicule
100 est peut-être un de nos penchants les plus funestes : car y
a-t-il rien de plus sot que de vouloir porter continuellement
un fardeau qu'on veut toujours jeter par terre ? d'avoir son
être en horreur, et de tenir à son être ? Enfin de caresser
le serpent qui nous dévore, jusqu'à ce qu'il nous ait mangé
105 le cœur ?

« J'ai vu dans les pays que le sort m'a fait parcourir, et
dans les cabarets où j'ai servi, un nombre prodigieux de
personnes qui avaient leur existence en exécration; mais je
n'en ai vu que douze qui aient mis volontairement fin à leur
110 misère : trois nègres, quatre Anglais, quatre Genevois, et
un professeur allemand nommé Robeck. J'ai fini par être
servante chez le juif don Issachar; il me mit auprès de vous,
ma belle demoiselle; je me suis attachée à votre destinée,
et j'ai été plus occupée de vos aventures que des miennes.
115 Je ne vous aurais même jamais parlé de mes malheurs, si vous
ne m'aviez pas un peu piquée, et s'il n'était d'usage, dans un
vaisseau, de conter des histoires pour se désennuyer. Enfin,
mademoiselle, j'ai de l'expérience, je connais le monde;
donnez-vous un plaisir, engagez chaque passager à vous
120 conter son histoire, et s'il s'en trouve un seul qui n'ait sou-
vent maudit sa vie, qui ne se soit souvent dit à lui-même
qu'il était le plus malheureux des hommes, jetez-moi dans
la mer la tête la première. »

───── PORTRAIT D'UN GRAND SEIGNEUR ESPAGNOL ─────

12

● LE VOCABULAIRE

✦ **Le choix des noms propres est très important** dans le roman :

« Le pape Urbain X est italien autant que le baron de Thunder-ten-tronck est
allemand et autant qu'est espagnol Don Fernando d'Ibaraa y Figueora y Masca-
renas y Lampourdos y Souza. Noms fastueux, exprimant la morgue de ceux qui les
portent, en même temps que leur sonorité dépayse l'imagination » (**R. Pomeau**).
Car ce nom composite est fait d'éléments divers (noms de personnes réelles
ou de lieux cités dans les récits des voyageurs espagnols), mais ce qui compte
c'est sa sonorité somptueuse et burlesque à la fois.

● LE PORTRAIT DANS LA LITTÉRATURE FRANÇAISE

✦ Le portrait du seigneur espagnol, traité par **Brantôme** et repris plusieurs
fois dans le *Gil Blas* de **Lesage,** est à peine esquissé* ici ; *c'est une*
caricature assez banale. Les éléments se trouvent notamment dans le
Voyage de François Corréal :

« Les nobles espagnols employés dans les colonies sont glorieux jusqu'à l'ennui...
Ils tâchent de relever leur misère par une moustache qu'ils retroussent fièrement
en vous regardant sous le nez, une cocarde usée et une vieille épée d'une longueur
excessive ».

✦ **Pourtant ce portrait est traité de façon classique à la manière de**
La Bruyère et l'on peut penser avec **R. Pomeau** *que des nobles fran-*
çais en font aussi les frais. Ainsi, « le nez haut » est une attitude
prêtée par Voltaire dans une lettre du 7 mars 1758 au Maréchal de Richelieu,
gouverneur de Guyenne, qui lui aussi, du reste, aimait les femmes « à la
fureur ».

● 42

CHAPITRE TREIZIÈME

Comment Candide fut obligé de se séparer
de la belle Cunégonde et de la vieille

La belle Cunégonde, ayant entendu l'histoire de la vieille,
lui fit toutes les politesses qu'on devait à une personne de
son rang et de son mérite. Elle accepta la proposition; elle
engagea tous les passagers, l'un après l'autre, à lui conter
5 leurs aventures. Candide et elle avouèrent que la vieille
avait raison. « C'est bien dommage, disait Candide, que le
sage Pangloss ait été pendu contre la coutume dans un auto-
da-fé; il nous dirait des choses admirables sur le mal phy-
sique et sur le mal moral qui couvrent la terre et la mer,
10 et je me sentirais assez de force pour oser lui faire respec-
tueusement quelques objections . »
A mesure que chacun racontait son histoire, le vaisseau
avançait. On aborda dans Buenos-Ayres. Cunégonde, le
capitaine Candide et la vieille allèrent chez le gouverneur
15 don Fernando d'Ibaraa, y Figueora, y Mascarenes, y Lam-
pourdos, y Souza. Ce seigneur avait une fierté convenable
à un homme qui portait tant de noms. Il parlait aux hommes
avec le dédain le plus noble, portant le nez si haut, élevant
si impitoyablement la voix, prenant un ton si imposant,
20 affectant une démarche si altière, que tous ceux qui le sa-
luaient étaient tentés de le battre. Il aimait les femmes à la
fureur. Cunégonde lui parut ce qu'il avait jamais vu de plus
beau. La première chose qu'il fit fut de demander si elle
n'était point la femme du capitaine. L'air dont il fit cette
25 question alarma Candide : il n'osa pas dire qu'elle était sa
femme, parce qu'en effet elle ne l'était point; il n'osait pas
dire que c'était sa sœur, parce qu'elle ne l'était pas non
plus; et quoique ce mensonge officieux eût été autrefois
très à la mode chez les anciens, et qu'il pût être utile aux
30 modernes, son âme était trop pure pour trahir la vérité.
« Mademoiselle Cunégonde, dit-il, doit me faire l'honneur
de m'épouser et nous supplions Votre Excellence de daigner
faire notre noce. »
Don Fernando d'Ibaraa, y Figueora, y Mascarenes, y Lam-
35 pourdos, y Souza, relevant sa moustache, sourit amèrement
et ordonna au capitaine Candide d'aller faire la revue de
sa compagnie. Candide obéit; le gouverneur demeura avec
mademoiselle Cunégonde. Il lui déclara sa passion, lui pro-
testa que le lendemain il l'épouserait à la face de l'Eglise,
40 ou autrement, ainsi qu'il plairait à ses charmes. Cunégonde
lui demanda un quart d'heure pour se recueillir, pour con-
sulter la vieille, et pour se déterminer.

13 : *aborder* (v.i.) : atteindre le rivage,
prendre terre.
14 : *gouverneur* (n.m.) : personne qui
gouvernait un territoire, une place, etc.

16 : *fierté* (n.f.) : ici, celui qui affecte
un air hautain, arrogant.

18 : *dédain* (n.m.) : mépris orgueilleux
exprimé par l'air, le ton, les manières.
19 : *impitoyablement* (adv.) : de l'ad-
jectif impitoyable : qui est sans pitié,
qui ne fait grâce de rien.
19 : *imposant* (adj.) : qui attire des
égards du respect. Ici, il s'agit du ton de
la voix.
20 : *affecter* (v.t.) : ici, affecter de
grands airs, faire ostentation de.
20 : *altier,ère (démarche)* : ici, démarche
hautaine, impérieuse, fière.
21 : *tenter* (v.t.) : se proposer à faire
quelque chose de hardi ou de difficile.
22 : *fureur (à la)* : (loc. adv.) : extrême-
ment, passionnément.
24 : *air* (n.m.) : ici, syn, de manière.
25 : *alarmer* (v.t.) : causer de l'inquié-
tude, de la frayeur.
28 : *mensonge* (n.m.) : propos contraire
à la vérité. Ici, mensonge officieux :
mensonge poli, courtois.
27 : *les anciens* : célèbre querelle des
Anciens et des Modernes. Dans le
contexte (ici du mariage) allusion à
l'histoire d'Abraham et de Sarah.
32 : *daigner* (v.t.) : vouloir bien, condes-
cendre.
35 : *amèrement* (adv.) : avec amertume.
36 : *revue (faire la revue de sa compagnie)*
(n.f.) : inspection des troupes, des
chevaux, du matériel, etc.
38 : *protester* : ici, donner l'assurance
formelle.
39 : *à la face de (l'église)* : à la vue de.

41 : *recueillir (se)* (v.pr.) : ici, réfléchir.
41 : *consulter* (v.t.) : prendre avis,
conseil de quelqu'un.
42 : *déterminer (se)* (v.pr.) : se décider à
agir, prendre un parti.

La vieille dit à Cunégonde : « Mademoiselle, vous avez
soixante et douze quartiers et pas une obole ; il ne tient
45 qu'à vous d'être la femme du plus grand seigneur de l'Amé-
rique méridionale, qui a une très belle moustache ; est-ce à
vous de vous piquer d'une fidélité à toute épreuve ? Vous
avez été violée par les Bulgares ; un juif et un inquisiteur
ont eu vos bonnes grâces : les malheurs donnent des droits.
50 J'avoue que, si j'étais à votre place, je ne ferais aucun scru-
pule d'épouser monsieur le gouverneur, et de faire la for-
tune de monsieur le capitaine Candide. » Tandis que la
vieille parlait avec toute la prudence que l'âge et l'expé-
rience donnent, on vit entrer dans le port un petit vais-
55 seau ; il portait un alcade et des alguazils, et voici ce qui
était arrivé.

La vieille avait très bien deviné que ce fut un cordelier
à la grande manche qui vola l'argent et les bijoux de Cuné-
gonde dans la ville de Badajos, lorsqu'elle fuyait en hâte
60 avec Candide. Ce moine voulut vendre quelques-unes des
pierreries à un joaillier. Le marchand les reconnut pour
celles du grand inquisiteur. Le cordelier, avant d'être pendu,
avoua qu'il les avait volées : il indiqua les personnes, et
la route qu'elles prenaient. La fuite de Cunégonde et de
65 Candide était déjà connue. On les suivit à Cadix : on envoya
sans perdre de temps, un vaisseau à leur poursuite. Le vais-
seau était déjà dans le port de Buenos-Ayres. Le bruit se
répandit qu'un alcade allait débarquer, et qu'on poursui-
vait les meurtriers de monseigneur le grand inquisiteur.
70 La prudente vieille vit dans l'instant tout ce qui était à
faire. « Vous ne pouvez fuir, dit-elle à Cunégonde, et vous
n'avez rien à craindre : ce n'est pas vous qui avez tué mon-
seigneur, et d'ailleurs le gouverneur, qui vous aime, ne
souffrira pas qu'on vous maltraite ; demeurez. » Elle court
75 sur-le-champ à Candide : « Fuyez, dit-elle, ou dans une
heure vous allez être brûlé. » Il n'y avait pas un moment à
perdre ; mais comment se séparer de Cunégonde, et où
se réfugier ?

Un père jésuite du XVIIe siècle
(Ph. Didier).

Voltaire dans son cabinet de travail, maquette,
◀ Musée Carnavalet (Ph. Giraudon)

LEONARDVS LESSIVS E SOCIETATE IESV
S. Theologiæ in Academia Lovaniensi Professor.
Obiit XV. Ianuarÿ, anno M·DC·XXIII. prove seutuagenarius.

VOLTAIRE ET LES JÉSUITES

18

● LES « REDUCCIONES » DU PARAGUAY

✦ **Le cas insolite* de ces « Jésuites-rois »** intéresse Voltaire lors de ses recherches pour *l'Essai sur les mœurs* : il lit alors la *Relation* du **Père Florentin,** déjà ancienne (1718), *l'Histoire du Paraguay* du **Père Charlevoix** (1756), la *Relation des missions du Paraguay* de **Muratori,** et la *Relation abrégée* de **Carvalho,** traduite en 1758. Mais dès 1756, sa correspondance faisait allusion* aux navires qui partaient de Cadix pour supprimer la rébellion* des Jésuites du Paraguay, et dont l'un, plaisamment nommé le « Pascal », était en partie financé par lui-même.

✦ **Les « missiones » sont surprenantes à un double titre :**
 — *Des religieux ont pris en mains un royaume temporel* où ils exercent un pouvoir absolu, qui d'ailleurs n'est pas sans mérites : « *Les Jésuites se sont à la vérité servis de la religion pour ôter la liberté aux peuplades du Paraguay ; mais ils les ont policées ; ils les ont rendues industrieuses et sont venus à bout de gouverner un vaste pays, comme en Europe on gouverne un couvent* » *(Essai sur les mœurs, XII).*
 — **Ils font la guerre aux rois d'Espagne et du Portugal,** sur le plan matériel, mais ils restent leur confesseurs sur le plan spirituel : exemple limite des *contradictions inhérentes à la Société de Jésus.*

✦ **Cet épisode s'inscrit dans l'histoire mouvementée des** *rapports de Voltaire avec les Jésuites.*
 — Il reste longtemps en bons termes avec ses anciens maîtres du Collège Louis le Grand, le P. Thoulié, les Pères Lejay, Tournemine, Porée, Carteron. De leur côté les Jésuites « *furent lents à désespérer de mettre de leur côté un bel esprit de cet éclat* » (**Lanson**), et le *Journal de Trévoux* le ménagea jusqu'en 1750.
 — C'est vers 1750 que les choses se gâtent, quand le **Père Berthier** entreprend une campagne contre *l'Encyclopédie*. En 1754 Voltaire est attaqué par les Jésuites de Colmar, notamment le Père Antoine Croust dont il se venge ici. C'est « *le plus impudent personnage et le plus sot cuistre d'Europe* » dit-il. Puis c'est la polémique, en 1759, avec les Jésuites spoliateurs* des frères Desprez de Crassy, et Voltaire écrit alors : « *Enfin, j'aurai le plaisir de triompher d'Ignace* ». De fait, les « *ours à soutane noire* » seront chassés de France en 1762 par décision des Parlements : les Gallicans et les universités feront bloc avec les philosophes contre la Compagnie de Jésus.

● 38

CHAPITRE QUATORZIÈME

Comment Candide et Cacambo
furent reçus chez les jésuites du Paraguay

Candide avait amené de Cadix un valet tel qu'on en trouve beaucoup sur les côtes d'Espagne et dans les colonies. C'était un quart d'Espagnol, né d'un métis dans le Tucuman; il avait été enfant de chœur, sacristain, matelot, moine, fac-

> Candide et son nouveau valet métis Cacambo abandonnent Cunégonde pour aller offrir leurs services aux Jésuites du Paraguay.

5 teur, soldat, laquais. Il s'appelait Cacambo, et aimait fort
son maître, parce que son maître était un fort bon homme.
Il sella au plus vite les deux chevaux andalous. « Allons,
mon maître, suivons le conseil de la vieille; partons, et
courons sans regarder derrière nous. » Candide versa des
10 larmes : « O ma chère Cunégonde! faut-il vous abandon-
ner dans le temps que monsieur le gouverneur va faire nos
noces! Cunégonde amenée de si loin, que deviendrez-vous?
— Elle deviendra ce qu'elle pourra, dit Cacambo; les femmes
ne sont jamais embarrassées d'elles; Dieu y pourvoit;
15 courons. — Où me mènes-tu ? où allons-nous ? que ferons-
nous sans Cunégonde ? disait Candide. — Par St. Jacques
de Compostelle, dit Cacambo, vous alliez faire la guerre
aux jésuites; allons la faire pour eux : je sais assez les che-
mins, je vous mènerai dans leur royaume, ils seront charmés
20 d'avoir un capitaine qui fasse l'exercice à la bulgare; vous
ferez une fortune prodigieuse : quand on n'a pas son compte
dans un monde, on le trouve dans un autre. C'est un très
grand plaisir de voir et de faire des choses nouvelles.
— Tu as donc été déjà dans le Paraguay ? dit Candide. — Eh
25 vraiment oui! dit Cacambo; j'ai été cuistre dans le collège
de l'Assomption, et je connais le gouvernement de Los
Padres comme je connais les rues de Cadix. C'est une chose
admirable que ce gouvernement. Le royaume a déjà plus
de trois cents lieues de diamètre ; il est divisé en trente
30 provinces. Los Padres y ont tout, et les peuples rien; c'est
le chef-d'œuvre de la raison et de la justice. Pour moi, je
ne vois rien de si divin que Los Padres, qui font ici la guerre
au roi d'Espagne et au roi de Portugal, et qui en Europe
confessent ces rois; qui tuent ici des Espagnols, et qui à
35 Madrid les envoient au ciel : cela me ravit; avançons :
vous allez être le plus heureux de tous les hommes. Quel
plaisir auront Los Padres quand ils sauront qu'il leur vient
un capitaine qui sait l'exercice bulgare! »
Dès qu'ils furent arrivés à la première barrière, Cacambo
40 dit à la garde avancée qu'un capitaine demandait à parler à
monseigneur le commandant. On alla avertir la grande
garde. Un officier paraguain courut aux pieds du commandant
lui donner part de la nouvelle. Candide et Cacambo furent
d'abord désarmés; on se saisit de leurs deux chevaux anda-
45 lous. Les deux étrangers sont introduits au milieu de deux
files de soldats; le commandant était au bout, le bonnet à
trois cornes en tête, la robe retroussée, l'épée au côté,
l'esponton à la main. Il fit un signe; aussitôt vingt-quatre
soldats entourent les deux nouveaux venus. Un sergent leur
50 dit qu'il faut attendre, que le commandant ne peut leur par-
ler, que le révérend père provincial ne permet pas qu'aucun
Espagnol ouvre la bouche qu'en sa présence, et demeure

18 : *jésuite* (n.m.) : membre de la compagnie de Jésus, fondée par Ignace de Loyola en 1534.

18 : *je sais* (du verbe savoir, v.t.) : ici, dans le sens d'avoir connaissance de.

20 : *faire l'exercice* : ici, séance d'instruction des soldats.

25 : *cuistre* (n.m.) : ici, pédant ridicule et prétentieux, qui manque de savoir vivre.

29 : *diamètre* (n.m.) : math. Droite qui passe par le centre d'un cercle et se termine de part et d'autre à la périphérie.

30 : *Los Padres* : les pères jésuites (en espagnol).

35 : *ravir* (v.t.) : ici, enchanter.

La Providence, par C. N. Cochin.
(Ph. N. B.)

LA PROVIDENCE. *Ripa la dé-
signe par une femme à deux
têtes, mais cet emblème n'est pas
agréable. Elle est couronnée d'épis
de blé et de vigne avec son fruit.
Elle est appuyée sur un Gouvernail.
On lui donne aussi des clefs qui di-
sent, signifient qu'il ne suffit pas
de prévoir, qu'il faut agir. Enfin
on met à ses pieds un Globe.
Nous n'avons point fait usage de
ses attributs, mais nous avons ajouté qu'elle
donne aux Oiseaux leur nourriture.*

LE SORT, LE HAZARD. *Un jeune
homme les yeux bandés, prend des
billets dans une Urne. De sa drape-
rie tombent au hazard des joyaux,
des couronnes, des chaînes, des fleurs
des épines, emblèmes des biens et
des maux.*

plus de trois heures dans le pays. « Et où est le révérend
père provincial? dit Cacambo. — Il est à la parade après
55 avoir dit sa messe, répondit le sergent, et vous ne pourrez
baiser ses éperons que dans trois heures. — Mais, dit Ca-
cambo, monsieur le capitaine, qui meurt de faim comme
moi, n'est point Espagnol, il est Allemand; ne pourrions-nous
point déjeuner en attendant Sa Révérence? »

60 Le sergent alla sur-le-champ rendre compte de ce discours
au commandant. « Dieu soit béni! dit ce seigneur, puisqu'il
est Allemand, je peux lui parler; qu'on le mène dans ma
feuillée. » Aussitôt on conduit Candide dans un cabinet de
verdure, orné d'une très jolie colonnade de marbre vert et
65 or, et de treillages qui renfermaient des perroquets, des
colibris, des oiseaux-mouches, des pintades, et tous les
oiseaux les plus rares. Un excellent déjeuner était préparé
dans des vases d'or; et tandis que les Paraguains mangèrent
du maïs dans des écuelles de bois, en plein champ, à l'ardeur
70 du soleil, le révérend père commandant entra dans la feuillée.

C'était un très beau jeune homme, le visage plein, assez
blanc, haut en couleur, le sourcil relevé, l'œil vif, l'oreille
rouge, les lèvres vermeilles, l'air fier, mais d'une fierté qui
n'était ni celle d'un Espagnol ni celle d'un jésuite. On rendit
75 à Candide et à Cacambo leurs armes, qu'on leur avait saisies,
ainsi que les deux chevaux andalous; Cacambo leur fit man-
ger l'avoine auprès de la feuillée, ayant toujours l'œil sur
eux, crainte de surprise.

Candide baisa d'abord le bas de la robe du commandant,
80 ensuite ils se mirent à table. « Vous êtes donc Allemand?
lui dit le jésuite en cette langue. — Oui, mon révérend
père », dit Candide. L'un et l'autre, en prononçant ces paro-
les, se regardaient avec une extrême surprise, et une
émotion dont ils n'étaient pas les maîtres. « Et de quel
85 pays d'Allemagne êtes-vous? dit le jésuite. — De la sale
province de Westphalie, dit Candide; je suis né dans le châ-
teau de Thunder-ten-tronckh. — O ciel! est-il possible!
s'écria le commandant. — Quel miracle! s'écria Candide. —
Serait-ce vous? dit le commandant. — Cela n'est pas pos-
90 sible », dit Candide. Ils se laissent tomber tous deux à la
renverse, ils s'embrassent, ils versent des ruisseaux de lar-
mes. « Quoi! serait-ce vous, mon révérend père? vous, le
frère de la belle Cunégonde! vous, qui fûtes tué par les
Bulgares! vous, le fils de monsieur le baron! vous, jésuite au
95 Paraguay! Il faut avouer que ce monde est une étrange chose.
O Pangloss! Pangloss! que vous seriez aise si vous n'aviez
pas été pendu! »

Le commandant fit retirer les esclaves nègres et les Para-
guains qui servaient à boire dans des gobelets de cristal de
100 roche. Il remercia Dieu et St. Ignace mille fois; il serrait

Candide entre ses bras, leurs visages étaient baignés de
pleurs. « Vous seriez bien plus étonné, plus attendri, plus
hors de vous-même, dit Candide, si je vous disais que made-
moiselle Cunégonde, votre sœur, que vous avez crue éven-
105 trée, est pleine de santé. — Où? — Dans votre voisinage,
chez monsieur le gouverneur de Buenos-Ayres; et je venais
pour vous faire la guerre. » Chaque mot qu'ils prononcèrent
dans cette longue conversation accumulait prodige sur
prodige. Leur âme tout entière volait sur leur langue,
110 était attentive dans leurs oreilles, et étincelante dans leurs
yeux. Comme ils étaient Allemands, ils tinrent table long-
temps, en attendant le révérend père provincial; et le com-
mandant parla ainsi à son cher Candide.

> *Candide rencontre le Père
> Colonel qui n'est autre
> que le baron, frère de Cuné-
> gonde. Reconnaissance émou-
> vante. Mais quand le baron
> lui refuse la main de sa sœur
> pour noblesse insuffisante,
> Candide le tue. Candide et
> Cacambo s'enfuient alors et,
> dans la campagne, rencontrent
> deux filles nues poursuivies
> par des singes. Candide tue
> les singes à coups de fusil,
> désespérant les filles, à sa
> grande surprise.*

CHAPITRE QUINZIÈME

Comment Candide tua le frère
de sa chère Cunégonde

« J'aurai toute ma vie présent à la mémoire le jour hor-
rible où je vis tuer mon père et ma mère, et violer ma sœur.
Quand les Bulgares furent retirés, on ne trouva point cette
sœur adorable, et on mit dans une charrette ma mère, mon
5 père, et moi, deux servantes et trois petits garçons égorgés,
pour nous aller enterrer dans une chapelle de jésuites, à
deux lieues du château de mes pères. Un jésuite nous jeta
de l'eau bénite; elle était horriblement salée; il en entra
quelques gouttes dans mes yeux : le père s'aperçut que ma
10 paupière faisait un petit mouvement : il mit la main sur
mon cœur, et le sentit palpiter; je fus secouru, et au bout
de trois semaines il n'y paraissait pas. Vous savez, mon cher
Candide, que j'étais fort joli; je le devins encore davantage;
aussi le révérend père Croust, supérieur de la maison, prit
15 pour moi la plus tendre amitié : il me donna l'habit de no-
vice; quelque temps après je fus envoyé à Rome. Le père
général avait besoin d'une recrue de jeunes jésuites alle-
mands. Les souverains du Paraguay reçoivent le moins qu'ils
peuvent de jésuites espagnols; ils aiment mieux les étrangers,
20 dont ils se croient plus maîtres. Je fus jugé propre par le
révérend père général pour aller travailler dans cette vigne.

Nous partîmes, un Polonais, un Tyrolien, et moi. Je fus
honoré, en arrivant, du sous-diaconat et d'une lieutenance;
je suis aujourd'hui colonel et prêtre. Nous recevons vigou-
25 reusement les troupes du roi d'Espagne; je vous réponds
qu'elles seront excommuniées et battues. La Providence
vous envoie ici pour nous seconder. Mais est-il bien vrai
que ma chère sœur Cunégonde soit dans le voisinage, chez
le gouverneur de Buenos-Ayres? » Candide l'assura par
30 serment que rien n'était plus vrai. Leurs larmes recommen-
cèrent à couler.

Le baron ne pouvait se lasser d'embrasser Candide; il
l'appelait son frère, son sauveur. « Ah! peut-être, lui dit-il,
nous pourrons ensemble, mon cher Candide, entrer en
35 vainqueurs dans la ville, et reprendre ma sœur Cunégonde.
— C'est tout ce que je souhaite, dit Candide; car je comptais
l'épouser, et je l'espère encore. — Vous, insolent! répondit
le baron, vous auriez l'impudence d'épouser ma sœur, qui
a soixante et douze quartiers! Je vous trouve bien effronté
40 d'oser me parler d'un dessein si téméraire! » Candide,
pétrifié d'un tel discours, lui répondit : « Mon révérend
père, tous les quartiers du monde n'y font rien; j'ai tiré
votre sœur des bras d'un juif et d'un inquisiteur; elle m'a
assez d'obligations, elle veut m'épouser. Maître Pangloss
45 m'a toujours dit que les hommes sont égaux; et assurément
je l'épouserai. — C'est ce que nous verrons, coquin! »
dit le jésuite baron de Thunder-ten-tronckh; et en même
temps il lui donna un grand coup du plat de son épée sur
le visage. Candide dans l'instant tire la sienne, et l'enfonce
50 jusqu'à la garde dans le ventre du baron jésuite; mais en
la retirant toute fumante, il se mit à pleurer : « Hélas!
mon Dieu, dit-il, j'ai tué mon ancien maître, mon ami, mon
beau-frère; je suis le meilleur homme du monde, et voilà
déjà trois hommes que je tue; et dans ces trois il y a deux
55 prêtres. »

Cacambo, qui faisait sentinelle à la porte de la feuillée,
accourut. « Il ne nous reste qu'à vendre cher notre vie,
lui dit son maître; on va, sans doute, entrer dans la feuil-
lée; il faut mourir les armes à la main. » Cacambo, qui en
60 avait bien vu d'autres, ne perdit point la tête; il prit la robe
de jésuite que portait le baron, la mit sur le corps de Can-
dide, lui donna le bonnet carré du mort, et le fit monter
à cheval. Tout cela se fit en un clin d'œil. « Galopons, mon
maître; tout le monde vous prendra pour un jésuite qui
65 va donner des ordres; et nous aurons passé les frontières
avant qu'on puisse courir après nous. » Il volait déjà en pro-
nonçant ces paroles, et en criant en espagnol : « Place,
place pour le révérend père colonel! »

CHAPITRE SEIZIÈME

*Ce qui advint aux deux voyageurs
avec deux filles, deux singes,
et les sauvages nommés Oreillons*

Candide et son valet furent au-delà des barrières, et personne ne savait encore dans le camp la mort du jésuite allemand. Le vigilant Cacambo avait eu soin de remplir sa valise de pain, de chocolat, de jambon, de fruits et de quelques
5 mesures de vin. Ils s'enfoncèrent avec leurs chevaux andalous dans un pays inconnu où ils ne découvrirent aucune route. Enfin une belle prairie entrecoupée de ruisseaux se présenta devant eux. Nos deux voyageurs font repaître leurs montures. Cacambo propose à son maître de manger, et lui en donne
10 l'exemple. « Comment veux-tu, disait Candide, que je mange du jambon, quand j'ai tué le fils de monsieur le baron, et que je me vois condamné à ne revoir la belle Cunégonde de ma vie ? A quoi me servira de prolonger mes misérables jours, puisque je dois les traîner loin d'elle dans les remords
15 et dans le désespoir ? Et que dira le Journal de Trévoux ? »

En parlant ainsi, il ne laissa pas de manger. Le soleil se couchait. Les deux égarés entendirent quelques petits cris qui paraissaient poussés par des femmes. Ils ne savaient si ces cris étaient de douleur ou de joie; mais ils se levèrent
20 précipitamment avec cette inquiétude et cette alarme que tout inspire dans un pays inconnu. Ces clameurs partaient de deux filles toutes nues qui couraient légèrement au bord de la prairie, tandis que deux singes les suivaient en leur mordant les fesses. Candide fut touché de pitié; il
25 avait appris à tirer chez les Bulgares, et il aurait abattu une noisette dans un buisson sans toucher aux feuilles. Il prend son fusil espagnol à deux coups, tire, et tue les deux singes. « Dieu soit loué, mon cher Cacambo ! j'ai délivré d'un grand péril ces deux pauvres créatures : si j'ai commis un
30 péché en tuant un inquisiteur et un jésuite, je l'ai bien réparé en sauvant la vie à deux filles. Ce sont peut-être deux demoiselles de condition, et cette aventure nous peut procurer de très grands avantages dans le pays. »

Il allait continuer, mais sa langue devint percluse quand
35 il vit ces deux filles embrasser tendrement les deux singes, fondre en larmes sur leurs corps, et remplir l'air des cris les plus douloureux. « Je ne m'attendais pas à tant de bonté d'âme », dit-il enfin à Cacambo; lequel lui répliqua : « Vous avez fait là un beau chef-d'œuvre, mon maître; vous avez

▲
Les deux filles et les deux singes
(Ph. B. N.)

▼ Bons sauvages, 1724 *(Ph. B.N.)*

NATURE ET CIVILISATION

61

● POSITION DU PROBLÈME

✦ **L'optimisme** de Pangloss rejoint à la limite la doctrine du « *bon sauvage* », puisque les peuples primitifs représentent l'état de « *pure nature* », le plus proche de l'excellence de la création. C'est le point de vue de **J.J. Rousseau** dans le *Discours sur les sciences et les arts* (1750) et le *Discours sur l'inégalité* (1755), dont **Voltaire** montre ici l'absurdité.

● LE MYTHE DU BON SAUVAGE

✦ *Dans l'antiquité* Justin, Lucien, peignent les Scythes, Tacite peint les Germains, comme des êtres bruts, mais vertueux, qui s'opposent aux civilisés corrompus.

✦ *Au 16ᵉ siècle,* les relations de voyage des missionnaires* et des explorateurs exaltent les vertus naturelles des sauvages, leur bonheur simple, leur ignorance de la propriété et du mal. **Montaigne** dans les chapitres *Des Cannibales* (I,30) et *Des coches* (III,6) admire la « *naïveté originelle* » de ces âmes « *si neuves, ayant de si beaux commencements naturels* » et que les colonisateurs viennent corrompre.

✦ *Au 18ᵉ siècle* les Jésuites reprennent le thème naturiste (ainsi le **Père Lafiteau** dans ses *Mœurs des sauvages américains* en 1720, le **Père Charlevoix** dans son *Histoire de la nouvelle France*) en attendant le *Voyage de Bougainville* (1770) et le *Supplément* de **Diderot** (1771) - **J.J. Rousseau** est plus abstrait : pour lui l'état de nature « *libre, sain, bon, heureux* » est une hypothèse et un argument prouvant la décrépitude* de l'espèce et le caractère nocif de la civilisation.

● LE POINT DE VUE DE VOLTAIRE

Il refuse rêves et mensonges. Il retient la leçon de *l'Essai sur les mœurs.* La réfutation des mirages esquissée ici se développera plus amèrement encore dans l'article *Homme* du *Dictionnaire philosophique* (1770).

● DEUX POINTS DE VUE DIAMÉTRALEMENT OPPOSÉS

J.J. Rousseau : *Discours sur l'Inégalité*

« Je le vois se rassasiant sous un chêne, se désaltérant au premier ruisseau, trouvant un lit au pied du même arbre qui lui a fourni son repas : et voilà ses besoins satisfaits... Je voudrais bien qu'on m'expliquât quel peut être le genre de misère d'un être libre dont le cœur est en paix et le corps en santé. »
« Tant que les hommes se contentèrent de leurs cabanes rustiques, tant qu'ils se bornèrent à coudre leurs habits de peaux avec des épines ou des arêtes, à se parer de plumes et de coquillages, à se peindre le corps de diverses couleurs, à perfectionner ou embellir leurs arcs et leurs flèches, à tailler avec des pierres tranchantes quelques canots de pêcheurs ou quelques grossiers instruments de musique... ils vécurent libres, sains, bons et heureux, autant qu'ils pouvaient l'être par leur nature »...

✦ **Voltaire, *Dictionnaire philosophique***
« Que serait l'homme dans l'état que l'on nomme *de pure nature* ? Un animal fort au-dessous des premiers Iroquois qu'on trouva dans le nord de l'Amérique... L'homme abandonné à la *pure nature* n'aurait pour tout langage que quelques sons mal articulés... Il n'aurait pas plus de connaissance de Dieu et de l'âme que des mathématiques. L'espèce des castors serait préférable... C'est alors que l'homme ne serait précisément qu'un enfant robuste... Cependant, plus de la moitié de la terre habitable est encore peuplée d'animaux à deux pieds qui vivent dans cet horrible état qui approche de *la pure nature...* » Article HOMME

● **125**

40 tué les deux amants de ces demoiselles. — Leurs amants!
serait-il possible? Vous vous moquez de moi, Cacambo;
le moyen de vous croire? — Mon cher maître, repartit
Cacambo, vous êtes toujours étonné de tout; pourquoi
trouvez-vous si étrange que dans quelques pays il y ait des
45 singes qui obtiennent les bonnes grâces des dames? Ils sont
des quarts d'homme, comme je suis un quart d'Espagnol.
— Hélas! reprit Candide, je me souviens d'avoir entendu
dire à maître Pangloss qu'autrefois pareils accidents étaient
arrivés, et que ces mélanges avaient produit des égypans,
50 des faunes, des satyres; que plusieurs grands personnages
de l'antiquité en avaient vu; mais je prenais cela pour des
fables. — Vous devez être convaincu à présent, dit Cacambo,
que c'est une vérité, et vous voyez comment en usent les
personnes qui n'ont pas reçu une certaine éducation; tout
55 ce que je crains, c'est que ces dames ne nous fassent quelque
méchante affaire. »

Ces réflexions solides engagèrent Candide à quitter la
prairie, et à s'enfoncer dans un bois. Il y soupa avec Ca-
cambo; et tous deux, après avoir maudit l'inquisiteur de
60 Portugal, le gouverneur de Buenos-Ayres, et le baron,
s'endormirent sur de la mousse. A leur réveil, ils sentirent
qu'ils ne pouvaient remuer; la raison en était que pendant
la nuit les Oreillons, habitants du pays, à qui les deux dames
les avaient dénoncés, les avaient garrottés avec des cordes
65 d'écorces d'arbre. Ils étaient entourés d'une cinquantaine
d'Oreillons tout nus, armés de flèches, de massues, et de
haches de caillou : les uns faisaient bouillir une grande chau-
dière; les autres préparaient des broches, et tous criaient :
« C'est un jésuite, c'est un jésuite! nous serons vengés, et
70 nous ferons bonne chère; mangeons du jésuite, mangeons
du jésuite! »

« Je vous l'avais bien dit, mon cher maître, s'écria triste-
ment Cacambo, que ces deux filles nous joueraient d'un
mauvais tour. » Candide, apercevant la chaudière et les
75 broches, s'écria : « Nous allons certainement être rôtis
ou bouillis. Ah! que dirait maître Pangloss, s'il voyait comme
la pure nature est faite? Tout est bien; soit, mais j'avoue
qu'il est bien cruel d'avoir perdu mademoiselle Cunégonde
et d'être mis à la broche par des Oreillons. » Cacambo ne
80 perdait jamais la tête. « Ne désespérez de rien, dit-il au
désolé Candide; j'entends un peu le jargon de ces peuples,
je vais leur parler. — Ne manquez pas, dit Candide, de leur
représenter quelle est l'inhumanité affreuse de faire cuire
des hommes, et combien cela est peu chrétien. »

85 « Messieurs, dit Cacambo, vous comptez donc manger
aujourd'hui un jésuite? C'est très bien fait; rien n'est plus
juste que de traiter ainsi ses ennemis. En effet le droit natu-

▲
Voltaire et J.-J. Rousseau. Cette
caricature symbolise de façon
assez grossière ce que fut une
lutte d'idées entre Voltaire et
Rousseau. (Ph. B. N.).

64 : *dénoncer* (v.t.) : signaler ; déférer
à la justice, à l'autorité.

64 : *garrotter* (v.t.) : lier étroitement et
fortement. On garrotte un prisonnier.

66 : *flèche* (n.f.) : trait formé d'une
hampe en bois armée d'une pointe, et
lancée avec un arc ou une arbalète.

66 : *massue* (n.f.) : bâton noueux,
beaucoup plus gros à un bout qu'à l'autre

68 : *broche* (n.f.) : tige de fer pour
faire rôtir la viande. Ici, pour faire rôtir
un jésuite.

70 : *chère* (n.f.) : qualité des mets.
Bonne chère ou mauvaise chère.

74 : *jouer (d'un mauvais tour)* (v.t.) : ici,
se moquer grâce à un méchant strata-
gème.

81 : *entendre (j'entends)* (v.t.) : ici,
comprendre, connaître.

81 : *jargon* (n.m.) : ici, langue étrangère
qu'on ne comprend pas.

rel nous enseigne à tuer notre prochain, et c'est ainsi qu'on
en agit dans toute la terre. Si nous n'usons pas du droit de
90 le manger, c'est que nous avons d'ailleurs de quoi faire bonne
chère; mais vous n'avez pas les mêmes ressources que nous;
certainement il vaut mieux manger ses ennemis que d'aban-
donner aux corbeaux et aux corneilles le fruit de sa vic-
toire. Mais, messieurs, vous ne voudriez pas mangez vos
95 amis. Vous croyez aller mettre un jésuite en broche, et c'est
votre défenseur, c'est l'ennemi de vos ennemis que vous
allez rôtir. Pour moi, je suis né dans votre pays; monsieur
que vous voyez est mon maître, et bien loin d'être jésuite,
il vient de tuer un jésuite, il en porte les dépouilles; voilà
100 le sujet de votre méprise. Pour vérifier ce que je vous dis,
prenez sa robe, portez-la à la première barrière du royaume
de Los Padres; informez-vous si mon maître n'a pas tué un
officier jésuite. Il vous faudra peu de temps; vous pourrez
toujours nous manger, si vous trouvez que je vous ai menti.
105 Mais, si je vous ai dit la vérité, vous connaissez trop les prin-
cipes du droit public, les mœurs et les lois, pour ne nous pas
faire grâce. »

Les Oreillons trouvèrent ce discours très raisonnable;
ils députèrent deux notables pour aller en diligence s'in-
110 former de la vérité; les deux députés s'acquittèrent de leur
commission en gens d'esprit, et revinrent bientôt apporter
de bonnes nouvelles. Les Oreillons délièrent leurs deux
prisonniers, leur firent toutes sortes de civilités, leur offri-
rent des filles, leur donnèrent des rafraîchissements, et les
115 reconduisirent jusqu'aux confins de leurs Etats, en criant
avec allégresse : « Il n'est point jésuite, il n'est point jé-
suite! »

Candide ne se lassait point d'admirer le sujet de sa déli-
vrance. « Quel peuple! disait-il, quels hommes! quelles
120 mœurs! si je n'avais pas eu le bonheur de donner un grand
coup d'épée au travers du corps du frère de mademoiselle
Cunégonde, j'étais mangé sans rémission. Mais, après tout,
la pure nature est bonne, puisque ces gens-ci, au lieu de me
manger, m'ont fait mille honnêtetés dès qu'ils ont su que
125 je n'étais pas jésuite. »

91 : *ressource* (n.f.) : moyens d'existenc
d'une personne.

93 : *corbeau* (n.m.) : genre d'oiseau d
l'ordre des passeriformes, familles de
corvidés, mesurant plus de 60 cm d
longueur, au plumage tout noir.

93 : *corneille* (n.f.) : même genre d'oi
seau que le corbeau mais plus petit.

99 : *dépouille* (n.f.) : ici, tout ce que
l'on prend à l'ennemi, butin.
100 : *méprise* (n.f.) : erreur de celui qu
se méprend.
101 : *barrière* (n.f.) : ici, barrière de la
douane, c'est-à-dire frontière.

109 : *députer* (v.t.) : envoyer en dépu-
tation, c'est-à-dire, l'envoi de personnes
chargées d'une mission.
110 : *s'acquitter* (v.pr.) : satisfaire à,
accomplir.
112 : *délier* (v.t.) : défaire, détacher ce
qui est lié.
103 : *faire (des civilités)* : paroles de
politesse, compliments d'usage.
114 : *rafraîchissements* (n.m.pl.) : bois-
sons fraîches.
115 : *confins* (n.m.pl.) : limites, extré-
mités d'un pays, d'un territoire.
116 : *allégresse* (n.f.) : grande joie qui
éclate au dehors.
118 : *délivrance* (n.f.) : action par la-
quelle on délivre. Résultat de cette
action : délivrance d'un prisonnier.
122 : *sans rémission* (n.f.) : ici, implaca-
blement.

124 : *honnêteté* (n.f.) : ici politesse.
Expression : faire mille honnêtetés.

▼ Le château royal de Frédéric II à Potsdam au XVIIIᵉ siècle *(Ph. B.N.)*

CHAPITRE DIX-SEPTIÈME

Arrivée de Candide et de son valet
au pays d'Eldorado, et ce qu'ils y virent

Quand ils furent aux frontières des Oreillons : « Vous
voyez, dit Cacambo à Candide, que cet hémisphère-ci ne
vaut pas mieux que l'autre; croyez-moi, retournons en
Europe par le plus court. — Comment y retourner, dit
5 Candide; et où aller? Si je vais dans mon pays, les Bulgares
et les Abares y égorgent tout; si je retourne en Portugal,
j'y suis brûlé; si nous restons dans ce pays-ci, nous risquons
à tout moment d'être mis en broche. Mais comment se ré-
soudre à quitter la partie du monde que mademoiselle
10 Cunégonde habite?

— Tournons vers la Cayenne, dit Cacambo, nous y trou-
verons des Français, qui vont par tout le monde; ils pour-
ront nous aider. Dieu aura peut-être pitié de nous. »

Il n'était pas facile d'aller à la Cayenne; ils savaient bien
15 à peu près de quel côté il fallait marcher; mais des montagnes,
des fleuves, des précipices, des brigands, des sauvages,
étaient partout de terribles obstacles. Leurs chevaux mou-
rurent de fatigue; leurs provisions furent consumées; ils
se nourrirent un mois entier de fruits sauvages, et se trou-
20 vèrent enfin auprès d'une petite rivière bordée de coco-
tiers, qui soutinrent leur vie et leurs espérances.

Cacambo, qui donnait toujours d'aussi bons conseils que
la vieille, dit à Candide : « Nous n'en pouvons plus, nous
avons assez marché; j'aperçois un canot vide sur le rivage,
25 emplissons-le de cocos, jetons-nous dans cette petite bar-
que, laissons-nous aller au courant; une rivière mène tou-
jours à quelque endroit habité. Si nous ne trouvons pas des
choses agréables, nous trouverons du moins des choses
nouvelles. — Allons, dit Candide, recommandons-nous à la
30 Providence. »

Ils voguèrent quelques lieues entre des bords tantôt
fleuris, tantôt arides, tantôt unis, tantôt escarpés. La rivière
s'élargissait toujours; enfin elle se perdait sous une voûte
de rochers épouvantables qui s'élevaient jusqu'au ciel. Les
35 deux voyageurs eurent la hardiesse de s'abandonner aux
flots sous cette voûte. Le fleuve, resserré en cet endroit,
les porta avec une rapidité et un bruit horrible. Au bout de
vingt-quatre heures ils revirent le jour; mais leur canot se
fracassa contre les écueils; il fallut se traîner de rocher en

Pour rentrer en Europe, les deux amis cherchent à gagner Cayenne. Pour cela ils montent dans une barque qui les emmène à la dérive sur une rivière.

31 : *voguer* (v.i.) : être poussé sur l'eau
à force de rames ou de voiles.
32 : *fleurir* (v.i.) : se couvrir de fleurs.
32 : *aride* (adj.) : privé d'humidité.
32 : *unis* : ici, aplani.
32 : *escarpé* (adj.) : d'accès difficile,
abrupt, à pic.
33 : *élargir* (v.t.) : rendre plus large.
35 : *voûte* (n.f.) : assemblage de pierres
qui s'appuient l'une sur l'autre.
35 : *hardiesse* (n.f.) : audace, assurance.
36 : *resserrer* (v.t.) : serrer davantage.
Ici, rendu de plus en plus étroit.
39 : *fracasser* (v.t.) : briser, mettre en
pièces avec bruit.

L'ELDORADO

31

● **L'ELDORADO-ILLUSION**

✦ **L'exotisme n'est pas de pure fantaisie.** Pour préparer *l'Essai sur les mœurs,* **Voltaire** a lu plusieurs ouvrages de voyageurs en Amérique : *Voyage de François Coréal aux Indes occidentales,* avec une relation de la Guyane de **W.** **Raleigh** (1722), *Histoire des Incas, rois du Pérou,* de **Garcilasso de la Vega,** (traduit en 1704), *Histoire générale des conquêtes et voyages des Castillans* de **Herrera,** *Histoire des conquêtes du Mexique et de la Nouvelle Espagne,* par **Antonio de Solis,** etc.

Le nom même de *Dorado* est familier aux voyageurs espagnols. Garcilasso le situe au nord de l'Amazonie, et à l'est du lac Parima.

Ainsi pour nombre de détails : c'est en canot que W. Raleigh est porté par le courant jusqu'à Manos, capitale du Dorado. Les moutons-chameaux du Pérou viennent de Coréal. L'abondance de l'or et des diamants, la coiffure caractéristique des Indiens, les menus bizarres sont chez Garcilasso et les tissus de plume chez Antonio de Solis.

✦ **Mais Voltaire embellit encore les données réelles**

— **Grâce aux voyages imaginaires** comme *l'Histoire des Sévarambes* (1716) (qui lui fournit le téléphérique final), *les Voyages et aventures de Jacques Massé* par **Tyssot de Patot,** ou même *Les mille et une nuits* (la navigation dans la grotte rappelle **Sinbad le marin**).

— **Par son imagination :** il multiplie les richesses fabuleuses, accumule les détails insolites* et les invraisemblances, donne libre cours à son goût du merveilleux.

● **L'ELDORADO-IDÉAL**

Mais cet exotisme n'est pas une féérie gratuite. Eldorado s'inscrit parmi les « utopies » qui, depuis celle de Thomas Morus, peignent le pays-modèle doué de toutes les perfections, sauf l'existence. Il suggère toute une sagesse, ressemblant d'ailleurs à l'idéal voltairien :

✦ La conversation avec le vieillard, sur le gouvernement, les mœurs, les femmes, les spectacles, les arts, s'épanouit en une apologie de la *religion naturelle* qui exclut culte, prêtres, prière humiliante, rivalités, fanatisme.

✦ La conversation avec le *roi sans étiquette* nous montre l'inutilité des tribunaux et des prisons.

✦ *La description des édifices publics* est bien entendu une critique implicite de Paris, une indication de « ce qu'on ne fait pas et ce qu'on pourrait faire. » Elle prend place dans la campagne de Voltaire *en faveur de l'urbanisme* commencée dès 1739 dans une lettre à Frédéric : « *Je voudrais toujours qu'on commençât par avoir un hôtel de ville, de belles places, des marchés magnifiques et commodes, de belles fontaines* ».

✦ *Le palais des sciences* symbolise le souci d'apostolat* scientifique que Voltaire partage avec les encyclopédistes.

✦ *L'ambiance générale d'abondance, d'hospitalité, de liberté* caractérisent à ses yeux une nation heureuse.

Donc « *tout est mis en œuvre pour que rayonne au centre de* **Candide** *cet idéal de pureté et de lumière qui, à son degré d'existence près, rappelle celui que* **Zadig,** *lui, a réussi à faire triompher à Babylone* ».

Van den Heuvel
● 119

rocher pendant une lieue entière; enfin ils découvrirent un horizon immense, bordé de montagnes inaccessibles. Le pays était cultivé pour le plaisir comme pour le besoin; partout l'utile était agréable. Les chemins étaient couverts ou plutôt ornés de voitures d'une forme et d'une matière
45 brillante, portant des hommes et des femmes d'une beauté singulière, traînés rapidement par de gros moutons rouges qui surpassaient en vitesse les plus beaux chevaux d'Andalousie, de Tétuan et de Méquinez.

« Voilà pourtant, dit Candide, un pays qui vaut mieux que
50 la Westphalie.» Il mit pied à terre avec Cacambo auprès du premier village qu'il rencontra. Quelques enfants du village, couverts de brocarts d'or tout déchirés, jouaient au palet à l'entrée du bourg; nos deux hommes de l'autre monde s'amusèrent à les regarder : leurs palets étaient d'assez
55 larges pièces rondes, jaunes, rouges, vertes, qui jetaient un éclat singulier. Il prit envie aux voyageurs d'en ramasser quelques-uns; c'était de l'or, c'était des émeraudes, des rubis, dont le moindre aurait été le plus grand ornement du trône du Mogol. « Sans doute, dit Cacambo, ces enfants
60 sont les fils du roi du pays, qui jouent au petit palet.» Le magister du village parut dans ce moment pour les faire rentrer à l'école. « Voilà, dit Candide, le précepteur de la famille royale.»

Les petits gueux quittèrent aussitôt le jeu, en laissant à
65 terre leurs palets, et tout ce qui avait servi à leurs divertissements. Candide les ramasse, court au précepteur, et les lui présente humblement, lui faisant entendre par signes que leurs altesses royales avaient oublié leur or et leurs pierreries. Le magister du village, en souriant, les jeta par
70 terre, regarda un moment la figure de Candide avec beaucoup de surprise, et continua son chemin.

Les voyageurs ne manquèrent pas de ramasser l'or, les rubis, et les émeraudes. « Où sommes-nous? s'écria Candide. Il faut que les enfants des rois de ce pays soient bien
75 élevés, puisqu'on leur apprend à mépriser l'or et les pierreries.» Cacambo était aussi surpris que Candide. Ils approchèrent enfin de la première maison du village; elle était bâtie comme un palais d'Europe. Une foule de monde s'empressait à la porte, et encore plus dans le logis; une musique
80 très agréable se faisait entendre, et une odeur délicieuse de cuisine se faisait sentir. Cacambo s'approcha de la porte, et entendit qu'on parlait péruvien; c'était sa langue maternelle; car tout le monde sait que Cacambo était né au Tucuman, dans un village où l'on ne connaissait que cette langue.
85 « Je vous servirai d'interprète, dit-il à Candide; entrons, c'est ici un cabaret.»

Aussitôt deux garçons et deux filles de l'hôtellerie, vêtus

41 : *inaccessible* (adj.) : dont l'accès est impossible.

52 : *brocart* (n.m.) : étoffe de soie brochée d'or ou d'argent.
52 : *palet* (n.m.) : jeu où l'on jette le plus près possible d'un but marqué une pierre ou pièce de métal.

57 : *émeraude* (n.f.) : pierre précieuse, transparente et d'un vert vif.

59 : *trône* (n.m.) : siège de cérémonie des rois, des empereurs, des évêques. Ici, trône du Mogol.

61 : *magister* (n.m.) : ici, maître d'école.

65 : *divertissement* (n.m.) : action de divertir, de s'amuser.

69 : *pierreries* (n.f.pl.) : pierres précieuses.

79 : *logis* (n.m.) : logement habituel.

85 : *interprète* (n.m.) : personne qui traduit les mots d'une langue dans une autre langue.

de drap d'or, et les cheveux renoués avec des rubans, les
invitent à se mettre à la table de l'hôte. On servit quatre
90 potages garnis chacun de deux perroquets, un contour
bouilli qui pesait deux cents livres, deux singes rôtis d'un
goût excellent, trois cents colibris dans un plat, et six cents
oiseaux-mouches dans un autre; des ragoûts exquis, des
pâtisseries délicieuses; le tout dans des plats d'une espèce
95 de cristal de roche. Les garçons et les filles de l'hôtellerie
versaient plusieurs liqueurs faites de canne de sucre.

Les convives étaient pour la plupart des marchands et
des voituriers, tous d'une politesse extrême, qui firent quel-
ques questions à Cacambo avec la discrétion la plus circons-
100 pecte, et qui répondirent aux siennes d'une manière à le
satisfaire.

Quand le repas fut fini, Cacambo crut, ainsi que Candide,
bien payer son écot en jetant sur la table de l'hôte deux de
ces larges pièces d'or qu'il avait ramassées; l'hôte et l'hô-
105 tesse éclatèrent de rire, et se tinrent longtemps les côtés.
Enfin ils se remirent. « Messieurs, dit l'hôte, nous voyons
bien que vous êtes des étrangers; nous ne sommes pas
accoutumés à en voir. Pardonnez-nous si nous nous sommes
mis à rire quand vous nous avez offert en payement les cail-
110 loux de nos grands chemins. Vous n'avez pas sans doute de
la monnaie du pays, mais il n'est pas nécessaire d'en avoir
pour dîner ici. Toutes les hôtelleries établies pour la com-
modité du commerce sont payées par le gouvernement.
Vous avez fait mauvaise chère ici, parce que c'est un pauvre
115 village; mais partout ailleurs vous serez reçus comme vous
méritez de l'être. » Cacambo expliquait à Candide tous les
discours de l'hôte, et Candide les écoutait avec la même ad-
miration et le même égarement que son ami Cacambo les
rendait. « Quel est donc ce pays, disaient-ils l'un et l'autre,
120 inconnu à tout le reste de la terre, et où toute la nature est
d'une espèce si différente de la nôtre? C'est probablement
le pays où tout va bien : car il faut absolument qu'il y en
ait un de cette espèce. Et, quoi qu'en dît maître Pangloss,
je me suis souvent aperçu que tout allait mal en Westphalie. »

88 : *renouer (cheveux renoués)* (v.t.) :
nouer une chose dénouée.
89 : *hôte* (n.m.) : personne qui reçoit ou
qui donne l'hospitalité.
90 : *contour(contour bouilli)* :ici, condor,
oiseau de proie des Andes.

92 : *colibri* (n.m.) : nom générique de
tous les oiseaux-mouches. (Mot emprun-
té à la langue caraïbe).
93 : *oiseaux-mouches* (n.m.) : nom vul-
gaire du colibri, oiseau originaire d'Amé-
rique.
93 : *exquis* (adj.) : très bon, qui a un
goût délicieux.
95 : *cristal de roche* (n.m.) : nom
donné au quartz hyalin (transparent
comme du verre), formé de silice pure.
96 : *liqueur* (n.f.) : boisson à base d'eau
de vie ou d'alcool.
96 : *canne à sucre* (n.f.) : plante dont la
moelle de la tige renferme de la sac-
charose.
97 : *convive* (n.) : qui prend ou doit
prendre part à un repas.
98 : *voiturier* (n.m.) : celui qui mène une
voiture à cheval.
99 : *discrétion* (n.f.) : retenue judicieuse.
99 : *circonspecte* (adj.) : qui est fait
avec retenue, prudence.

112 : *hostellerie* : hôtellerie (n.f.) :
maison où les voyageurs sont logés et
nourris moyennant rétribution.
112 : *commodité (du pays)* (n.f.) : qualité
de ce qui est commode, avantageux,
agréable.

118 : *égarement* (n.m.) : ici, éblouisse-
ment.

CHAPITRE DIX-HUITIÈME

Ce qu'ils virent dans le pays d'Eldorado

Cacambo témoigna à son hôte toute sa curiosité; l'hôte
lui dit : « Je suis fort ignorant, et je m'en trouve bien; mais
nous avons ici un vieillard retiré de la cour qui est le plus
savant homme du royaume, et le plus communicatif. » Aus-

3 : *retiré* (adj.) : ici, vieillard retiré
c'est-à-dire vieil homme dont la vie
s'écoule dans la retraite.
4 : *communicatif* (adj.) : qui aime à
faire part de ses pensées, de ses senti-
ments.

5 sitôt il mène Cacambo chez le vieillard. Candide ne jouait
plus que le second personnage, et accompagnait son valet.
Ils entrèrent dans une maison fort simple, car la porte n'était
que d'argent, et les lambris des appartements n'étaient
que d'or, mais travaillés avec tant de goût que les plus riches
10 lambris ne l'effaçaient pas. L'antichambre n'était à la vérité
incrustée que de rubis et d'émeraudes; mais l'ordre dans
lequel tout était arrangé réparait bien cette extrême sim-
plicité.

Le vieillard reçut les deux étrangers sur un sofa mate-
15 lassé de plumes de colibri, et leur fit présenter des liqueurs
dans des vases de diamant; après quoi il satisfit à leur curio-
sité en ces termes :

« Je suis âgé de cent soixante et douze ans, et j'ai appris
de feu mon père, écuyer du roi, les étonnantes révolutions
20 du Pérou dont il avait été témoin. Le royaume où nous som-
mes est l'ancienne patrie des Incas, qui en sortirent très
imprudemment pour aller subjuguer une partie du monde
et qui furent enfin détruits par les Espagnols. Les princes
de leur famille qui restèrent dans leur pays natal furent plus
25 sages; ils ordonnèrent, du consentement de la nation, qu'au-
cun habitant ne sortirait jamais de notre petit royaume;
et c'est ce qui nous a conservé notre innocence et notre
félicité. Les Espagnols ont eu une connaissance confuse de
ce pays, ils l'ont appelé El Dorado; et un Anglais, nommé
30 le chevalier Raleigh, en a même approché il y a environ cent
années; mais, comme nous sommes entourés de rochers
inabordables et de précipices, nous avons toujours été jus-
qu'à présent à l'abri de la rapacité des nations de l'Europe,
qui ont une fureur inconcevable pour les cailloux et pour
35 la fange de notre terre, et qui, pour en avoir, nous tueraient
tous jusqu'au dernier. »

La conversation fut longue; elle roula sur la forme du gou-
vernement, sur les mœurs, sur les femmes, sur les spectacles
publics, sur les arts. Enfin Candide, qui avait toujours du
40 goût pour la métaphysique, fit demander par Cacambo si
dans le pays il y avait une religion.

Le vieillard rougit un peu. « Comment donc! dit-il; en
pouvez-vous douter? Est-ce que vous nous prenez pour des
ingrats? » Cacambo demanda humblement quelle était la
45 religion d'Eldorado. Le vieillard rougit encore : « Est-ce
qu'il peut y avoir deux religions? dit-il. Nous avons, je crois,
la religion de tout le monde; nous adorons Dieu du soir
jusqu'au matin. — N'adorez-vous qu'un seul Dieu? dit
Cacambo, qui servait toujours d'interprète aux doutes de
50 Candide. — Apparemment, dit le vieillard, qu'il n'y en a
ni deux, ni trois, ni quatre. Je vous avoue que les gens de
votre monde font des questions bien singulières. » Candide

8 : *lambris* (n.m.) : revêtement de menuiserie, de marbre, de stuc, etc. sur les parois intérieures d'un mur.
10 : *antichambre* (n.f.) : pièce située à l'entrée d'un appartement.
11 : *incruster* (v.t.) : appliquer une substance sur une surface pour y former des dessins, etc.

14 : *sofa* (n.m.) : sorte de lit de repos à trois dossiers et à coussins.

16 : *diamant* (n.m.) : pierre précieuse composée de carbone pur cristallisé.

22 : *subjuguer* (v.t.) : soumettre par la force des armes.

27 : *innocence* (n.f.) : état de celui qui ne commet point le mal sciemment.
28 : *félicité* (n.f.) : bonheur suprême.
28 : *confus, e* (adj.) : dont les éléments sont mêlés, en désordre.

33 : *rapacité* (n.f.) : avidité de l'animal qui se jette sur sa proie.
34 : *inconcevable* (adj.) : qu'on ne peut concevoir, comprendre. Ici, par exten-sion surprenant, extraordinaire.
35 : *fange (de terre)* (n.f.) : ici boue épaisse.

ne se lassait pas de faire interroger ce bon vieillard; il vou-
lut savoir comment on priait Dieu dans l'Eldorado. « Nous
55 ne le prions point, dit le bon et respectable sage; nous
n'avons rien à lui demander, il nous a donné tout ce qu'il
nous faut; nous le remercions sans cesse. » Candide eut la
curiosité de voir des prêtres; il fit demander où ils étaient.
Le bon vieillard sourit. « Mes amis, dit-il, nous sommes
60 tous prêtres; le roi et tous les chefs de famille chantent des
cantiques d'actions de grâces solennellement tous les matins
et cinq ou six mille musiciens les accompagnent. — Quoi!
Vous n'avez point de moines qui enseignent, qui disputent,
qui gouvernent, qui cabalent, et qui font brûler les gens qui
65 ne sont pas de leur avis? — Il faudrait que nous fussions fous,
dit le vieillard; nous sommes tous ici du même avis, et nous
n'entendons pas ce que vous voulez dire avec vos moines. »
Candide à tous ces discours demeurait en extase, et disait
en lui-même : « Ceci est bien différent de la Westphalie
70 et du château de monsieur le baron : si notre ami Pangloss
avait vu Eldorado, il n'aurait plus dit que le château de
Thunder-ten-tronckh était ce qu'il y avait de mieux sur la
terre; il est certain qu'il faut voyager. »

Après cette longue conversation, le bon vieillard fit atteler
75 un carrosse à six moutons, et donna douze de ses domesti-
ques aux deux voyageurs pour les conduire à la cour. « Excu-
sez-moi, leur dit-il, si mon âge me prive de l'honneur de
vous accompagner. Le roi vous recevra d'une manière dont
vous ne serez pas mécontents, et vous pardonnerez sans
80 doute aux usages du pays, s'il y en a quelques-uns qui vous
déplaisent. »

Candide et Cacambo montent en carrosse; les six moutons
volaient, et en moins de quatre heures on arriva au palais
du roi, situé à un bout de la capitale. Le portail était de deux
85 cent vingt pieds de haut, et de cent de large; il est impossi-
ble d'exprimer quelle en était la matière. On voit assez
quelle supériorité prodigieuse elle devait avoir sur ces cail-
loux et sur ce sable que nous nommons or et pierreries.
Vingt belles filles de la garde reçurent Candide et Cacambo
90 à la descente du carrosse, les conduisirent aux bains, les
vêtirent de robes d'un tissu de duvet de colibri; après quoi
les grands officiers et les grandes officières de la couronne les
menèrent à l'appartement de Sa Majesté au milieu de deux
files, chacune de mille musiciens, selon l'usage ordinaire.
95 Quand ils approchèrent de la salle du trône. Cacambo deman-
da à un grand officier comment il fallait s'y prendre pour
saluer Sa Majesté : si on se jetait à genoux ou ventre à terre ;
si on mettait les mains sur la tête ou sur le derrière ; si on
léchait la poussière de la salle ; en un mot, quelle était la

61 : *cantique* (n.m.) : sorte d'ode sur un sujet religieux, chantée dans les églises.
61 : *grâce (action de)* : remerciement collectif.
64 : *cabaler (qui cabalent)* : comploter. Préparer secrètement et de concert. Menées secrètes, intrigues.

68 : *extase (en)* (n.f.) : ravissement de l'âme qui se trouve comme transportée hors du monde matériel.

84 : *portail* (n.m.) : entrée principale et monumentale d'un édifice.

89 : *garde* (n.f.) : corps de troupe spécialement chargée de la défense d'un souverain. Au pays d'Eldorado, la garde est confiée aux femmes.
91 : *duvet* (n.m.) : plume légère qui garnit le dessous du corps des oiseaux.
92 : *officière* : équivalent féminin du titre d'officier, c'est-à-dire un militaire gradé.
93 : *file* (n.f.) : rangée de personnes ou de choses placées à la suite les unes des autres.

98 : *lécher* (v.t.) : passer la langue sur quelque chose.

100 cérémonie. « L'usage, dit le grand officier, est d'embrasser
le roi et de le baiser des deux côtés. » Candide et Cacambo
sautèrent au cou de Sa Majesté, qui les reçut avec toute la
grâce imaginable, et qui les pria poliment à souper.

En attendant, on leur fit voir la ville, les édifices publics
105 élevés jusqu'aux nues, les marchés ornés de mille colonnes,
les fontaines d'eau pure, les fontaines d'eau rose, celles de
liqueurs de canne de sucre qui coulaient continuellement
dans de grandes places pavées d'une espèce de pierreries
qui répandaient une odeur semblable à celle du gérofle et
110 de la cannelle. Candide demanda à voir la cour de justice, le
parlement ; on lui dit qu'il n'y en avait point, et qu'on ne
plaidait jamais. Il s'informa s'il y avait des prisons, et on lui
dit que non. Ce qui le surprit davantage, et qui lui fit le plus
de plaisir, ce fut le palais des sciences, dans lequel il vit une
115 galerie de deux mille pas, toute pleine d'instruments de
mathématique et de physique.

Après avoir parcouru toute l'après-dînée à peu près la
millième partie de la ville, on les ramena chez le roi. Can-
dide se mit à table entre Sa Majesté, son valet Cacambo, et
120 plusieurs dames. Jamais on ne fit meilleure chère, et jamais
on n'eut plus d'esprit à souper qu'en eut Sa Majesté. Cacambo
expliquait les bons mots du roi à Candide, et quoique tra-
duits, ils paraissaient toujours des bons mots. De tout ce
qui étonnait Candide, ce n'était pas ce qui l'étonna le moins.

125 Ils passèrent un mois dans cet hospice. Candide ne cessait
de dire à Cacambo : « Il est vrai, mon ami, encore une
fois, que le château où je suis né ne vaut pas le pays où nous
sommes ; mais enfin mademoiselle Cunégonde n'y est pas,
et vous avez sans doute quelque maîtresse en Europe. Si
130 nous restons ici, nous n'y serons que comme les autres ;
au lieu que si nous retournons dans notre monde, seulement
avec douze moutons chargés de cailloux d'Eldorado, nous
serons plus riches que tous les rois ensemble, nous n'aurons
plus d'inquisiteurs à craindre, et nous pourrons aisément
135 reprendre mademoiselle Cunégonde. »

Ce discours plut à Cacambo ; on aime tant à courir, à
se faire valoir chez les siens, à faire parade de ce qu'on a vu
dans ses voyages, que les deux heureux résolurent de ne
plus l'être, et de demander leur congé à Sa Majesté.

140 « Vous faites une sottise, leur dit le roi ; je sais bien que
mon pays est peu de chose ; mais, quand on est passable-
ment quelque part, il faut y rester. Je n'ai pas assurément
le droit de retenir des étrangers ; c'est une tyrannie qui
n'est ni dans nos mœurs ni dans nos lois : tous les hommes
145 sont libres ; partez quand vous voudrez, mais la sortie est
bien difficile. Il est impossible de remonter la rivière rapide
sur laquelle vous êtes arrivés par miracle, et qui court sous

105 : *nues (les)* : ici, le ciel.

108 : *paver* (v.t.) : couvrir de pavés le sol d'une rue, d'une cour, etc.
109 : *gérofle* : déformation du mot girofle (n.m.) : bouton desséché des fleurs du giroflier.
110 : *cannelle* (n.f.) : écorce du cannelier utilisé comme aromate. Le cannelier est un arbre du genre du laurier.
112 : *plaider* (v.t.) : défendre en justice.

117 : *l'après-dînée* (n.m.) : temps qui suit le dîner. Aujourd'hui on écrit après-dîner.

121 : *avoir de l'esprit* : ici, avoir une pensée fine, ingénieuse, brillante.

125 : *hospice* (n.m.) : ici, maison où l'on donne l'hospitalité aux voyageurs.

134 : *inquisiteur* (n.m.) : juge de l'Inquisition.

137 : *se faire valoir* (v.i.) : faire ressortir ses qualités ou ses droits, se faire apprécier.
137 : *faire parade* : faire étalage, etc.

140 : *sottise* (n.f.) : manque d'esprit et de jugement.
141 : *passablement* (adv.) de passable : supportable, acceptable.

143 : *tyrannie* (n.f.) : gouvernement injuste et cruel.

146 : *remonter (la rivière)* : ici, aller en sens inverse du courant.

des voûtes de rochers. Les montagnes qui entourent tout
mon royaume ont dix mille pieds de hauteur, et sont droites
150 comme des murailles : elles occupent chacune en largeur un
espace de plus de dix lieues; on ne peut en descendre que
par des précipices. Cependant, puisque vous voulez abso-
lument partir, je vais donner ordre aux intendants des ma-
chines d'en faire une qui puisse vous transporter commo-
155 dément. Quand on vous aura conduits au revers des monta-
gnes, personne ne pourra vous accompagner : car mes sujets
ont fait vœu de ne jamais sortir de leur enceinte, et ils sont
trop sages pour rompre leur vœu. Demandez-moi d'ailleurs
tout ce qu'il vous plaira. — Nous ne demandons à Votre
160 Majesté, dit Cacambo, que quelques moutons chargés de
vivres, de cailloux, et de la boue du pays. » Le roi rit :
« Je ne conçois pas, dit-il, quel goût vos gens d'Europe ont
pour notre boue jaune; mais emportez-en tant que vous
voudrez, et grand bien vous fasse. »

165 Il donna l'ordre sur-le-champ à ses ingénieurs de faire
une machine pour guinder ces deux hommes extraordinaires
hors du royaume. Trois mille bons physiciens y travaillè-
rent; elle fut prête au bout de quinze jours, et ne coûta pas
plus de vingt millions de livres sterling, monnaie du pays.
170 On mit sur la machine Candide et Cacambo; il y avait deux
grands moutons rouges sellés et bridés pour leur servir de
monture quand ils auraient franchi les montagnes, vingt
moutons de bât chargés de vivres, trente qui portaient des
présents de ce que le pays a de plus curieux, et cinquante
175 chargés d'or, de pierreries et de diamants. Le roi embrassa
tendrement les deux vagabonds.

Ce fut un beau spectacle que leur départ, et la manière
ingénieuse dont ils furent hissés, eux et leurs moutons,
au haut des montagnes. Les physiciens prirent congé d'eux
180 après les avoir mis en sûreté, et Candide n'eut plus d'autre
désir et d'autre objet que d'aller présenter ses moutons à
mademoiselle Cunégonde. « Nous avons, dit-il, de quoi
payer le gouverneur de Buenos-Ayres, si mademoiselle
Cunégonde peut être mise à prix. Marchons vers la Cayenne,
185 embarquons-nous, et nous verrons ensuite quel royaume
nous pourrons acheter. »

152 : *précipice* (n.m.) : endroit très profond et escarpé.
153 : *intendant (des machines)* : ici, personne qui est chargée de diriger et de surveiller les machines.
155 : *commodement* (adv.) de commode : qui est d'un usage facile, simple.
155 : *revers* (n.m.) : côté opposé, ici autre versant des montagnes.
156 : *sujet* (n.m.) : personne qui est soumise à l'autorité d'un souverain.
157 : *vœu* (n.m.) : ici, promesse faite au roi. On fait un vœu. A l'opposé, on rompt un vœu (ligne 266).
157 : *enceinte* (n.f.) : ce qui entoure. Ici, ce qui entoure le pays d'Eldorado.

165 : *sur le champ* (loc. adv.) : sans délai.
166 : *guinder* (v.t.) : ici, lever, hisser.

171 : *seller* (v.t.) : ici, assujetir la selle sur le dos d'un mouton.
171 : *brider* (v.t.) : mettre la bride à.
172 : *monture* (n.f.) : bête sur laquelle on monte.
173 : *vivres* (n.m.) : nourriture.
173 : *bât (mouton de bât)* (n.m.) : selle de bête de somme. Se dit d'habitude pour les mulets, les chevaux — mais jamais pour les moutons !
174 : *présent* (n.m.) : cadeau.
176 : *vagabond* (n.m.) : personne qui n'a pas de domicile, pas de moyens de subsistance et pas de profession.
178 : *ingénieuse* (adj.): pleine d'invention, d'adresse.
178 : *hisser* (v.t.) : élever, faire monter.
181 : *objet (d'autre)* : ici, but, cause, motif.

185 : *embarquer* (v.t.) : ici, monter à bord.

▲ Jeton de la Compagnie des Indes, au XVIIIᵉ siècle (*Ph. B.N.*)

● 1

« L'épisode de l'Eldorado marque la fin de cette première partie de *Candide* toute entière consacrée à la chasse aux illusions. Mais cette lumière n'est-elle pas trop vive pour être encore terrestre ? L'Eldorado continuerait-il la révélation qu'ont rendue possible tant d'illusions perdues, ou n'est-ce à son tour qu'une nouvelle illusion dont il faudra que se débarrassent les héros dans leur cheminement vers la vérité ?

« Mais si l'Eldorado n'est dans *Candide* que par mirage, il s'ensuit une curieuse série de conséquences pour le sens de cette première partie du roman. Entre un paradis perdu dérisoire et un paradis retrouvé illusoire, la destinée de Candide et par là même de l'humanité serait proprement désespérante... L'exception d'Eldorado serait une exception qui confirme la règle, et l'histoire de Candide achèverait de sombrer dans le burlesque... Nous ne pouvons adopter une telle interprétation qui, malgré les apparences, irait à l'encontre du sens de la première partie de *Candide*. Il est incontestable en effet que dans cet épisode Voltaire a introduit ce qui de son idéal lui tient le plus à cœur... Plus on avance dans l'épisode d'Eldorado, plus l'exposé minutieux de cet idéal fondé sur les rapports harmonieux de l'homme, de la nature, et de Dieu, l'emporte sur les descriptions fabuleuses... *L'Eldorado-idéal l'emporte peu à peu sur l'Eldorado-illusion.* »

Van den Heuvel,
Voltaire dans ses contes

● 186

▼ Au pays d'Eldorado (*Ph. B. N.*).

▲ « C'est à ce prix que vous mangez du sucre en Europe » *ci-contre, l. 34 (Ph. B. N.).*

CHAPITRE DIX-NEUVIÈME

Ce qui leur arriva à Surinam,
et comment Candide fit connaissance
avec Martin

La première journée de nos deux voyageurs fut assez
agréable. Ils étaient encouragés par l'idée de se voir posses-
seurs de plus de trésors que l'Asie, l'Europe et l'Afrique
n'en pouvaient rassembler. Candide, transporté, écrivit le
5 nom de Cunégonde sur les arbres. A la seconde journée,
deux de leurs moutons s'enfoncèrent dans des marais, et y
furent abîmés avec leurs charges; deux autres moutons
moururent de fatigue quelques jours après; sept ou huit
périrent ensuite de faim dans un désert; d'autres tombèrent
10 au bout de quelques jours dans des précipices. Enfin, après
cent jours de marche, il ne leur resta que deux moutons.
Candide dit à Cacambo : « Mon ami, vous voyez comme les
richesses de ce monde sont périssables; il n'y a rien de solide
que la vertu, et le bonheur de revoir mademoiselle Cuné-
15 gonde. — Je l'avoue, dit Cacambo; mais il nous reste encore
deux moutons avec plus de trésors que n'en aura jamais le
roi d'Espagne; et je vois de loin une ville que je soupçonne
être Surinam, appartenante aux Hollandais. Nous sommes
au bout de nos peines et au commencement de notre féli-
20 cité. »

En approchant de la ville, ils rencontrèrent un nègre
étendu par terre, n'ayant plus que la moitié de son habit,
c'est-à-dire d'un caleçon de toile bleue; il manquait à ce
pauvre homme la jambe gauche et la main droite. « Eh!
25 mon Dieu! lui dit Candide en hollandais, que fais-tu là,
mon ami, dans l'état horrible où je te vois? — J'attends
mon maître, M. Vanderdendur, le fameux négociant, répon-
dit le nègre. — Est-ce M. Vanderdendur, dit Candide, qui
t'a traité ainsi? — Oui, monsieur, dit le nègre, c'est l'usage.
30 On nous donne un caleçon de toile pour tout vêtement
deux fois l'année. Quand nous travaillons aux sucreries, et
que la meule nous attrape le doigt, on nous coupe la main;
quand nous voulons nous enfuir, on nous coupe la jambe :
je me suis trouvé dans les deux cas. C'est à ce prix que vous
35 mangez du sucre en Europe. Cependant, lorsque ma mère
me vendit dix écus patagons sur la côte de Guinée, elle me
disait : « Mon cher enfant, bénis nos fétiches, adore-les tou-
jours, ils te feront vivre heureux; tu as l'honneur d'être
esclave de nos seigneurs les blancs, et tu fais par là la fortune
40 de ton père et de ta mère. » Hélas! je ne sais pas si j'ai fait

▲ La noblesse commerçante,
par Eisen *(Ph. B.N.)*

Tous les moutons meurent
sauf deux et nos héros arrivent
à Surinam.

21 : *nègre, négresse* (n.) : personne
appartenant à la race noire.

27 : *négociant, e* (n.m.) : personne qui
fait le négoce, le commerce en grand.

31 : *sucrerie* (n.f.) : lieu où l'on fabrique
et ou l'on raffine le sucre.

32 : *meule* (n.f.) : corps solide, cylin-
drique et plat, qui sert à broyer ou à
affûter.

34 : *c'est à ce prix* (loc. prép.) : moyen-
nant, aux dépens de.

36 : *écus patagons* : monnaie d'argent
de la Patagonie.

37 : *bénir* (v.t.) : appeler la protection
du ciel sur des personnes, des choses.

37 : *fétiche* (n.m.) : objet matériel
vénéré comme une idole.

39 : *esclave* (n.) : personne qui est sous
la puissance absolue d'un maître qui
l'a rendue captive ou qui l'a achetée.

40 : *les blancs* : les hommes blancs,
par opposition aux Nègres (ligne 1):

leur fortune, mais ils n'ont pas fait la mienne. Les chiens,
les singes et les perroquets sont mille fois moins malheureux
que nous; les fétiches hollandais qui m'ont converti me disent
tous les dimanches que nous sommes tous enfants d'Adam,
45 blancs et noirs. Je ne suis pas généalogiste; mais si ces prê-
cheurs disent vrai, nous sommes tous cousins issus de ger-
mains. Or vous m'avouerez qu'on ne peut pas en user avec
ses parents d'une manière plus horrible.

 — O Pangloss! s'écria Candide, tu n'avais pas deviné cette
50 abomination; c'en est fait, il faudra qu'à la fin je renonce à
ton optimisme. — Qu'est-ce qu'optimisme? disait Cacambo.
— Hélas! dit Candide, c'est la rage de soutenir que tout
est bien quand on est mal »; et il versait des larmes en re-
gardant son nègre; et en pleurant, il entra dans Surinam.
55 La première chose dont ils s'informent, c'est s'il n'y a point
au port quelque vaisseau qu'on pût envoyer à Buenos-Ayres.
Celui à qui ils s'adressèrent était justement un patron espa-
gnol qui s'offrit à faire avec eux un marché honnête. Il leur
donna rendez-vous dans un cabaret. Candide et le fidèle
60 Cacambo allèrent l'y attendre avec leurs deux moutons.

 Candide, qui avait le cœur sur les lèvres, conta à l'Espa-
gnol toutes ses aventures, et lui avoua qu'il voulait enlever
mademoiselle Cunégonde. « Je me garderai bien de vous
passer à Buenos-Ayres, dit le patron; je serais pendu, et
65 vous aussi; la belle Cunégonde est la maîtresse favorite de
monseigneur. » Ce fut un coup de foudre pour Candide,
il pleura longtemps; enfin il tira à part Cacambo. « Voici,
mon cher ami, lui dit-il, ce qu'il faut que tu fasses. Nous
avons chacun dans nos poches pour cinq ou six millions de
70 diamants; tu es plus habile que moi; va prendre mademoi-
selle Cunégonde à Buenos-Ayres. Si le gouverneur fait
quelque difficulté, donne-lui un million; s'il ne se rend pas,
donne-lui-en deux; tu n'as point tué d'inquisiteur, on ne
se défiera point de toi. J'équiperai un autre vaisseau, j'irai
75 t'attendre à Venise : c'est un pays libre où l'on n'a rien à
craindre ni des Bulgares, ni des Abares, ni des Juifs, ni des
inquisiteurs. » Cacambo applaudit à cette sage résolution.
Il était au désespoir de se séparer d'un bon maître devenu
son ami intime; mais le plaisir de lui être utile l'emporta sur
80 la douleur de le quitter. Ils s'embrassèrent en versant des
larmes : Candide lui recommanda de ne point oublier la
bonne vieille. Cacambo partit dès le jour même : c'était un
très bon homme que ce Cacambo.

 Candide resta encore quelque temps à Surinam, et atten-
85 dit qu'un autre patron voulût le mener en Italie, lui et les
deux moutons qui lui restaient. Il prit des domestiques, et
acheta tout ce qui lui était nécessaire pour un long voyage;
enfin monsieur Vanderdendur, maître d'un gros vaisseau,

41 : *fortune* (n.f.) : richesse. Ici, Voltaire
fait un jeu de mot sur le mot fortune,
qui peut vouloir dire soit « richesse »,
soit « chance ».

43 : *convertir* (v.t.) : ici, que l'on a
amené à croire en la religion catholique.

45 : *généalogiste* (n.m.) : celui qui
dresse les généalogies des familles.

46 : *prêcheur* (n.m.) : personne qui en
chaire annonce la parole de Dieu.

46 : *cousins (issus de germain)* (n.m.) :
parents issus de cousins germains,
eux-mêmes issus de frères ou de sœurs.

50 : *abomination* (n.f.) : ici, chose abomi-
nable.

52 : *la rage (de soutenir)* : ici, passion-
goût excessif de faire valoir des argu-
ments en faveur de la thèse de l'opti-
misme.

Candide apprend que Cuné
gonde est devenue la favorite
du gouverneur de Buenos-
Ayres. Il envoie Cacambo,
moins compromis que lui,
pour la racheter, et décide de
gagner Venise, où il lui donne
rendez-vous. Le patron Van-
denderdur lui vole une partie
de sa fortune. Enfin il trouve
un embarquement pour Bor-
deaux, avec le vieux savant
pessimiste Martin.

L'ESCLAVAGE DES NÈGRES AU XVIIIᵉ SIÈCLE

21

● LA QUESTION EST LIÉE A CELLE DES ENTREPRISES COLONIALES

La traite des nègres rapporte des bénéfices énormes aux compagnies françaises. Les ministres, la noblesse, sont actionnaires de la Compagnie des Indes ; les fermiers généraux en sont directeurs. *Aussi l'opinion est favorable à l'esclavage.* La chambre de commerce de Bordeaux écrit au contrôleur général en 1748 : « *De tous les commerces maritimes, il n'en est point de plus hasardeux que la troque des noirs, mais il n'en est pas qui mérite plus de faveur et de protection. Sa Majesté par les faveurs qu'Elle lui a accordées a reconnu combien ce commerce était utile à l'Etat et à cette province* ».

Melon, dans son *Essai politique sur le commerce* écrit en 1736 : « *L'usage des esclaves autorisé dans nos colonies nous apprend que l'esclavage n'est contraire ni à la religion ni à la morale* ».

● LES PHILOSOPHES PORTENT CETTE QUESTION SUR LE PLAN DE LA MORALE ET DU DROIT NATUREL

✦ **Mais ils le font avec précaution :** Montesquieu n'ose pas heurter de front les préjugés esclavagistes. Dans *l'Esprit des lois* (XV,8), il s'en tient à des considérations économiques, et montre que le rendement de la main-d'œuvre servile est faible. D'ailleurs le climat explique l'esclavage aux colonies, sans le justifier. Mais, dans le célèbre passage (XV,5) sur *l'esclavage des nègres*, l'indignation perce sous l'humour et l'ironie.

✦ **Voltaire va plus loin :**

— Il s'est renseigné de manière précise sur la misère des esclaves notamment dans le livre du **Père Labat**, *Nouveau voyage aux îles d'Amérique* (1742) et dans le *Code noir* (pauvres vêtements, sanctions impitoyables, etc.)

— Il pose franchement le problème moral, amorçant un thème qu'il reprendra dans *l'Essai sur les mœurs* (XII,426) : « *cent mille esclaves, qui abrègent leur vie pour flatter nos appétits nouveaux en remplissant nos nouveaux besoins* »

— La formulation des plaintes du pauvre nègre est influencée par la *Harangue du chef nègre* publié dans *Pour et contre* de l'abbé Prévost (1735) à l'occasion de la révolte des noirs de la Jamaïque. C'est ce qui explique le caractère du passage, plus touchant que les articles de **l'Encyclopédie** (*Esclavage* par le chevalier de Jaucourt, *Esclave* par Boucher d'Argis) ou que la note d'Helvétius dans *De l'esprit* où, selon R. Pomeau, Voltaire prit l'idée de cette page.

● 54

vint se présenter à lui. « Combien voulez-vous, demanda-t-il
90 à cet homme, pour me mener en droiture à Venise, moi,
mes gens, mon bagage, et les deux moutons que voilà? »
Le patron s'accorda à dix mille piastres; Candide n'hésita
pas.

« Oh ! oh ! dit à part soi le prudent Vanderdendur, cet
95 étranger donne dix mille piastres tout d'un coup! il faut
qu'il soit bien riche. » Puis, revenant un moment après, il
signifia qu'il ne pouvait partir à moins de vingt mille. « Eh!
bien vous les aurez, dit Candide.

— Ouais, se dit tout bas le marchand, cet homme donne
100 vingt mille piastres aussi aisément que dix mille. » Il revint
encore, et dit qu'il ne pouvait le conduire à Venise à moins
de trente mille piastres. « Vous en aurez donc trente mille,
répondit Candide.

— Oh! oh! se dit encore le marchand hollandais, trente
105 mille piastres ne coûtent rien à cet homme-ci; sans doute
les deux moutons portent des trésors immenses : n'insis-
tons pas davantage; faisons-nous d'abord payer les trente
mille piastres, et puis nous verrons. » Candide vendit deux
petits diamants, dont le moindre valait plus que tout l'argent
110 que demandait le patron. Il le paya d'avance. Les deux mou-
tons furent embarqués. Candide suivait dans un petit bateau
pour joindre le vaisseau à la rade; le patron prend son temps,
met à la voile, démarre; le vent le favorise. Candide, éperdu
et stupéfait, le perd bientôt de vue. « Hélas! cria-t-il, voilà
115 un tour digne de l'ancien monde. » Il retourne au rivage,
abîmé dans la douleur : car enfin il avait perdu de quoi faire
la fortune de vingt monarques.

Il se transporte chez le juge hollandais; et, comme il était
un peu troublé, il frappe rudement à la porte; il entre,
120 expose son aventure, et crie un peu plus haut qu'il ne con-
venait. Le juge commença par lui faire payer dix mille pias-
tres pour le bruit qu'il avait fait; ensuite il l'écouta patiem-
ment, lui promit d'examiner son affaire sitôt que le marchand
serait revenu, et se fit payer dix mille autres piastres pour
125 les frais de l'audience.

Ce procédé acheva de désespérer Candide; il avait à la
vérité essuyé des malheurs mille fois plus douloureux;
mais le sang-froid du juge, et celui du patron dont il était
volé, alluma sa bile, et le plongea dans une noire mélancolie.
130 La méchanceté des hommes se présentait à son esprit dans
toute sa laideur; il ne se nourrissait que d'idées tristes.
Enfin un vaisseau français étant sur le point de partir pour
Bordeaux; comme il n'avait plus de moutons chargés de
diamants à embarquer, il loua une chambre du vaisseau à
135 juste prix, et fit signifier dans la ville qu'il payerait le pas-
sage, la nourriture, et donnerait deux mille piastres à un
honnête homme qui voudrait faire le voyage avec lui, à
condition que cet homme serait le plus dégoûté de son état
et le plus malheureux de la province.

140 Il se présenta une foule de prétendants qu'une flotte
n'aurait pu contenir. Candide voulant choisir entre les plus
apparents, ils distingua une vingtaine de personnes qui lui
paraissaient assez sociables, et qui toutes prétendaient méri-
ter la préférence. Il les assembla dans son cabaret, et leur
145 donna à souper, à condition que chacun ferait serment de
raconter fidèlement son histoire, promettant de choisir

celui qui lui paraîtrait le plus à plaindre et le plus mécontent de son état, à plus juste titre, et de donner aux autres quelques gratifications.

150 La séance dura jusqu'à quatre heures du matin. Candide, en écoutant toutes leurs aventures, se ressouvenait de ce que lui avait dit la vieille en allant à Buenos-Ayres, et de la gageure qu'elle avait faite, qu'il n'y avait personne sur le vaisseau à qui il ne fût arrivé de très grands malheurs. Il

155 songeait à Pangloss à chaque aventure qu'on lui contait. « Ce Pangloss, disait-il, serait bien embarrassé à démontrer son système. Je voudrais qu'il fût ici. Certainement si tout va bien, c'est dans Eldorado, et non pas dans le reste de la terre. » Enfin il se détermina en faveur d'un pauvre

160 savant qui avait travaillé dix ans pour les libraires à Amsterdam. Il jugea qu'il n'y avait point de métier au monde dont on dût être plus dégoûté.

Ce savant, qui était d'ailleurs un bon homme, avait été volé par sa femme, battu par son fils, et abandonné de sa

165 fille, qui s'était fait enlever par un Portugais. Il venait d'être privé d'un petit emploi duquel il subsistait; et les prédicants de Surinam le persécutaient parce qu'ils le prenaient pour un socinien. Il faut avouer que les autres étaient pour le moins aussi malheureux que lui; mais Candide espérait que

170 le savant le désennuierait dans le voyage. Tous ses autres rivaux trouvèrent que Candide leur faisait une grande injustice; mais il les apaisa en leur donnant à chacun cent piastres.

▲ La Raison, par Gravelot (Ph. B.N.)

CHAPITRE VINGTIÈME

Ce qui arriva sur mer à Candide et à Martin

Le vieux savant, qui s'appelait Martin, s'embarqua donc pour Bordeaux avec Candide. L'un et l'autre avaient beaucoup vu et beaucoup souffert ; et quand le vaisseau aurait dû faire voile de Surinam au Japon par le cap de Bonne-Espérance,

5 ils auraient eu de quoi s'entretenir du mal moral et du mal physique pendant tout le voyage.

Cependant Candide avait un grand avantage sur Martin, c'est qu'il espérait toujours revoir mademoiselle Cunégonde, et que Martin n'avait rien à espérer; de plus il avait de l'or

10 et des diamants; et quoiqu'il eût perdu cent gros moutons rouges chargés des plus grands trésors de la terre, quoiqu'il eût toujours sur le cœur la friponnerie du patron hollandais, cependant, quand il songeait à ce qui lui restait dans ses poches, et quand il parlait de Cunégonde, surtout à la fin

15 du repas, il penchait alors pour le système de Pangloss.

« Mais vous, monsieur Martin, dit-il au savant, que pen-
sez-vous de tout cela ? Quelle est votre idée sur le mal moral
et le mal physique ? — Monsieur, répondit Martin, mes
prêtres m'ont accusé d'être socinien ; mais la vérité du fait
20 est que je suis manichéen. — Vous vous moquez de moi,
dit Candide ; il n'y a plus de manichéens dans le monde. —
Il y a moi, dit Martin ; je ne sais qu'y faire, mais je ne peux
penser autrement. — Il faut que vous ayez le diable au
corps, dit Candide. — Il se mêle si fort des affaires de ce
25 monde, dit Martin, qu'il pourrait bien être dans mon corps,
comme partout ailleurs ; mais je vous avoue qu'en jetant la
vue sur ce globe, ou plutôt sur ce globule, je pense que
Dieu l'a abandonné à quelque être malfaisant ; j'en excepte
toujours Eldorado. Je n'ai guère vu de ville qui ne désirât
30 la ruine de la ville voisine, point de famille qui ne voulût
exterminer quelque autre famille. Partout les faibles ont
en exécration les puissants devant lesquels ils rampent, et
les puissants les traitent comme des troupeaux dont on vend
la laine et la chair. Un million d'assassins enrégimentés,
35 courant d'un bout de l'Europe à l'autre, exerce le meurtre
et le brigandage avec discipline pour gagner son pain, parce
qu'il n'a pas de métier plus honnête ; et dans les villes qui
paraissent jouir de la paix, et où les arts fleurissent, les
hommes sont dévorés de plus d'envie, de soins et d'inquié-
40 tudes qu'une ville assiégée n'éprouve de fléaux. Les chagrins
secrets sont encore plus cruels que les misères publiques.
En un mot, j'en ai tant vu et tant éprouvé que je suis mani-
chéen.
— Il y a pourtant du bon, répliquait Candide. — Cela
45 peut être, disait Martin ; mais je ne le connais pas. »
Au milieu de cette dispute, on entendit un bruit de canon.
Le bruit redouble de moment en moment. Chacun prend
sa lunette. On aperçoit deux vaisseaux qui combattaient à
la distance d'environ trois milles : le vent les amena l'un
50 et l'autre si près du vaisseau français qu'on eut le plaisir de
voir le combat tout à son aise. Enfin l'un des deux vaisseaux
lâcha à l'autre une bordée si bas et si juste, qu'il le coula à
fond. Candide et Martin aperçurent distinctement une cen-
taine d'hommes sur le tillac du vaisseau qui s'enfonçait ; ils
55 levaient tous les mains au ciel, et jetaient des clameurs
effroyables : en un moment tout fut englouti.
« Eh bien ! dit Martin, voilà comme les hommes se traitent
les uns les autres. — Il est vrai, dit Candide, qu'il y a quel-
que chose de diabolique dans cette affaire. » En parlant
60 ainsi, il aperçut je ne sais quoi d'un rouge éclatant, qui na-
geait auprès de son vaisseau. On détacha la chaloupe pour
voir ce que ce pouvait être : c'était un de ses moutons.
Candide eut plus de joie de retrouver ce mouton qu'il

19 : *socinien* : qui suit la doctrine héré-
tique de Socin rejetant la Trinité.
20 : *machinéen* (n.m.) : qui adhère au
manichéisme, doctrine dualiste qui
admet l'existence de deux principes :
le dieu du bien essentiellement bon, et
le diable, principe du mal.

27 : *globule* (n.m.) : très petit corps
sphérique. Ici par, opposition au globe,
c'est-à-dire la terre.

32 : *exécration* (n.f.) : sentiment d'hor-
reur extrême.
34 : *enrégimenter* (v.t.) : grouper des
unités militaires par régiment. Ici,
pris dans le sens d'assassins incorporés.
35 : *meurtre* (n.m.) : homicide volon-
taire.
36 : *brigandage* (n.m.) : vol à main
armée, pillage commis le plus souvent
par des malfaiteurs réunis en bande.
39 : *être dévoré* : ici, être tourmenté
rongé.
40 : *fléau* (n.m.) : ici, grande calamité
désastre, malheur (comme la peste
la famine).

46 : *dispute* (n.f.) : ici, conversation
contradictoire.
47 : *redoubler* (v.i.) : ici, s'accroître
Renouveler avec augmentation.
48 : *lunette* (n.f.) : ici, lunette d'approche
ou longue-vue : lunette qui augmente
l'angle sous lequel on voit les objets
éloignés et qui semble donc les rappro-
cher.
51 : *aise (voir tout à son aise)* : commo
dément, facilement.
52 : *bordée (lâcher une bordée)* : ici
décharge simultanée de tous les canons
d'un bord du navire.
54 : *tillac (du bateau)* : autrefois, pont
supérieur d'un navire.
55 : *clameur* (n.f.) : grands cris de
plainte.
56 : *engloutir* (v.t.) : ici, faire disparaître,
submerger.
59 : *diabolique* (adj.) : qui vient du
diable. Très méchant, pernicieux.
61 : *chaloupe* (n.f.) : grand canot à
avirons pour le service des navires.

MARTIN : NOUVELLE APPROCHE DU PROBLÈME DU MAL

16

● MARTIN REMPLACE PANGLOSS AVEC LA THÉORIE OPPOSÉE

✦ **Il prend la relève de l'optimiste incurable.** « *Il représente la tentation de l'amertume et de l'ennui, comme l'autre représentait la tentation des chimères* » (**Van den Heuvel**). Pour lui le mal a une existence positive, le diable existe tout comme le bon dieu. Aussi fait-il profession de dualisme manichéen.*

✦ **Martin n'est pas manichéen, mais pessimiste absolu en réalité.** **Voltaire** le crée à l'image de **Bayle** qui, dans son *Dictionnaire,* (articles *Manichéens, Marcionites, Pauliciens*) professe un pessimisme total, fondé à la fois sur la dialectique et sur l'expérience historique. « *L'homme est méchant et malheureux. Chacun connaît par ce qui se passe en lui et par le commerce de son prochain... Les voyages... font voir partout les monuments du malheur et de la méchanceté de l'homme : partout des prisons et des hôpitaux ; partout des gibets et des mendiants... L'histoire n'est à proprement parler qu'un recueil des crimes et des infortunes du genre humain* ».

● VOLTAIRE N'EST PAS MARTIN

✦ **Il a été tenté par le manichéisme** (Lettre à **Frédéric II**, 13 juillet 1743 : « *Je deviens manichéen : j'adopte deux principes dans le monde : le bon principe est l'humanité de mon héros ; le second est le mal physique, et celui-là m'empêche de jouir du premier* ») et même par le pessimisme historique, lors de la composition de l'*Essai sur les mœurs.*

Devant cette « *Histoire générale, ou plutôt cette peinture des misères humaines, ce tableau des horreurs de dix siècles* » il répudie à la fois le providentialisme* de **Bossuet** (1627-1704) et la croyance encyclopédiste au progrès. Martin incarne cette tentation.

✦ **Mais il réagit contre ces excès, redonne de la valeur à l'espérance,** ramène Candide vers le juste milieu. C'est qu'il cherche une sagesse pratique, non un jeu dialectique.*

« *Pour Bayle, le problème du mal est une controverse polémique, pour Voltaire, c'est un tourment personnel* » **H.T. Mason.**

● **75**

n'avait été affligé d'en perdre cent tous chargés de gros
65 diamants d'Eldorado.

Le capitaine français aperçut bientôt que le capitaine du vaisseau submergeant était espagnol, et que celui du vaisseau submergé était un pirate hollandais ; c'était celui-là même qui avait volé Candide. Les richesses immenses dont ce scé-
70 lérat s'était emparé furent ensevelies avec lui dans la mer, et il n'y eut qu'un mouton de sauvé. « Vous voyez, dit Candide à Martin, que le crime est puni quelquefois ; ce coquin de patron hollandais a eu le sort qu'il méritait. — Oui, dit Martin ; mais fallait-il que les passagers qui étaient sur son
75 vaisseau périssent aussi ? Dieu a puni ce fripon, le diable a noyé les autres. »

67 : *submerger* (v.t.) : emporter, faire disparaître sous les eaux.

68 : *pirate* (n.m.) : bandit qui court les mers pour voler, piller.

70 : *scélérat* (n.m.) : personne qui a commis ou qui est capable de commettre des crimes.

70 : *ensevelir* (v.t.) : ici, faire disparaître sous la mer.

75 : *fripon* (n.m.) : personne qui trompe adroitement, fourbe, de mauvaise foi.

Cependant le vaisseau français et l'espagnol continuèrent leur route, et Candide continua ses conversations avec Martin. Ils disputèrent quinze jours de suite, et au bout de
80 quinze jours ils étaient aussi avancés que le premier. Mais enfin ils parlaient, ils se communiquaient des idées, ils se consolaient. Candide caressait son mouton. « Puisque je t'ai retrouvé, dit-il, je pourrai bien retrouver Cunégonde. »

CHAPITRE VINGT-UNIÈME

Candide et Martin
approchent des côtes de France,
et raisonnent

On aperçut enfin les côtes de France. « Avez-vous jamais été en France, monsieur Martin? dit Candide. — Oui, dit Martin, j'ai parcouru plusieurs provinces. Il y en a où la moitié des habitants est folle, quelques-unes où l'on est
5 trop rusé, d'autres où l'on est communément assez doux et assez bête, d'autres où l'on fait le bel esprit; et, dans toutes, la principale occupation est l'amour; la seconde, de médire; et la troisième, de dire des sottises. — Mais, monsieur Martin, avez-vous vu Paris? — Oui, j'ai vu Paris; il
10 tient de toutes ces espèces-là; c'est un chaos, c'est une presse dans laquelle tout le monde cherche le plaisir, et où presque personne ne le trouve, du moins à ce qu'il m'a paru. J'y ai séjourné peu; j'y fus volé, en arrivant, de tcut ce que j'avais, par des filous, à la foire St. Germain; on me
15 prit moi-même pour un voleur, et je fus huit jours en prison; après quoi je me fis correcteur d'imprimerie pour gagner de quoi retourner à pied en Hollande. Je connus la canaille écrivante, la canaille cabalante, et la canaille convulsionnaire. On dit qu'il y a des gens fort polis dans cette ville-là : je
20 le veux croire.
 — Pour moi, je n'ai nulle curiosité de voir la France, dit Candide; vous devinez aisément que quand on a passé un mois dans Eldorado, on ne se soucie plus de rien voir sur la terre que mademoiselle Cunégonde : je vais l'attendre à
25 Venise; nous traverserons la France pour aller en Italie; ne m'accompagnerez-vous pas ? — Très volontiers, dit Martin; on dit que Venise n'est bonne que pour les nobles vénitiens, mais que cependant on y reçoit très bien les étrangers quand ils ont beaucoup d'argent : je n'en ai point;
30 vous en avez, je vous suivrai partout. — A propos, dit Candide, pensez-vous que la terre ait été originairement une mer, comme on l'assure dans ce gros livre qui appartient au capitaine du vaisseau? — Je n'en crois rien du tout, dit Martin, non plus que toutes les rêveries qu'on nous débite

▲ Candide à Paris (*Ph. B. N.*).

35 depuis quelque temps. — Mais à quelle fin ce monde a-t-il
donc été formé? dit Candide. — Pour nous faire enrager,
répondit Martin. — N'êtes-vous pas bien étonné, continua
Candide, de l'amour que ces deux filles du pays des Oreil-
lons avaient pour ces deux singes, et dont je vous ai conté
40 l'aventure? — Point du tout, dit Martin; je ne vois pas ce
que cette passion a d'étrange : j'ai tant vu de choses extraor-
dinaires qu'il n'y a plus rien d'extraordinaire. — Croyez-
vous, dit Candide, que les hommes se soient toujours mu-
tuellement massacrés comme ils font aujourd'hui? qu'ils
45 aient toujours été menteurs, fourbes, perfides, ingrats,
brigands, faibles, volages, lâches, envieux, gourmands, ivro-
gnes, avares, ambitieux, sanguinaires, calomniateurs, débau-
chés, fanatiques, hypocrites et sots? — Croyez-vous, dit
Martin, que les éperviers aient toujours mangé des pigeons
50 quand ils en ont trouvé? — Oui, sans doute, dit Candide. —
Eh bien! dit Martin, si les éperviers ont toujours eu le même
caractère, pourquoi voulez-vous que les hommes aient
changé le leur? — Oh! dit Candide, il y a bien de la diffé-
rence, car le libre arbitre... » En raisonnant ainsi, ils arrivè-
55 rent à Bordeaux.

CHAPITRE VINGT-DEUXIÈME

Ce qui arriva en France à Candide et à Martin

Candide ne s'arrêta dans Bordeaux qu'autant de temps qu'il en fallait pour vendre quelques cailloux du Dorado, et pour s'accommoder d'une bonne chaise à deux places; car il ne pouvait plus se passer de son philosophe Martin; il fut
5 seulement très fâché de se séparer de son mouton, qu'il laissa à l'Académie des sciences de Bordeaux, laquelle proposa pour le sujet du prix de cette année de trouver pourquoi la laine de ce mouton était rouge; et le prix fut adjugé à un savant du Nord, qui démontra par A, plus B, moins C,
10 divisé par Z, que le mouton devait être rouge, et mourir de la clavelée.

Cependant tous les voyageurs que Candide rencontra dans les cabarets de la route lui disaient : « Nous allons à Paris. » Cet empressement général lui donna enfin l'envie
15 de voir cette capitale; ce n'était pas beaucoup se détourner du chemin de Venise.

Il entra par le faubourg Saint-Marceau, et crut être dans le plus vilain village de la Westphalie.

A peine Candide fut-il dans son auberge, qu'il fut attaqué
20 d'une maladie légère, causée par ses fatigues. Comme il avait au doigt un diamant énorme, et qu'on avait aperçu dans son équipage une cassette prodigieusement pesante, il eut aussitôt auprès de lui deux médecins qu'il n'avait pas mandés, quelques amis intimes qui ne le quittèrent pas, et deux
25 dévotes qui faisaient chauffer ses bouillons. Martin disait : « Je me souviens d'avoir été malade aussi à Paris dans mon premier voyage; j'étais fort pauvre : aussi n'eus-je ni amis, ni dévotes, ni médecins, et je guéris. »

Cependant, à force de médecines et de saignées, la mala-
30 die de Candide devint sérieuse. Un habitué du quartier vint avec douceur lui demander un billet payable au porteur pour l'autre monde : Candide n'en voulut rien faire. Les dévotes l'assurèrent que c'était une nouvelle mode; Candide répondit qu'il n'était point homme à la mode. Martin
35 voulut jeter l'habitué par les fenêtres. Le clerc jura qu'on n'enterrerait point Candide. Martin jura qu'il enterrerait le clerc s'il continuait à les importuner. La querelle s'échauffa: Martin le prit par les épaules, et le chassa rudement; ce qui causa un grand scandale, dont on fit un procès-verbal.
40 Candide guérit; et pendant sa convalescence il eut très bonne compagnie à souper chez lui. On jouait gros jeu. Candide était tout étonné que jamais les as ne lui vinssent; et Martin ne s'en étonnait pas.

Parmi ceux qui lui faisaient les honneurs de la ville, il

> *Tout en discutant philosophie ils arrivent à Bordeaux, puis décident de gagner Paris.*

44 : *faire (les honneurs) de la ville :* y recevoir selon les règles de la politesse.

45 y avait un petit abbé périgourdin, l'un de ces gens empressés,
 toujours alertes, toujours serviables, effrontés, caressants,
 accommodants, qui guettent les étrangers à leur passage,
 leur content l'histoire scandaleuse de la ville, et leur offrent
 des plaisirs à tout prix. Celui-ci mena d'abord Candide et
50 Martin à la comédie. On y jouait une tragédie nouvelle.
 Candide se trouva placé auprès de quelques beaux esprits.
 Cela ne l'empêcha pas de pleurer à des scènes jouées par-
 faitement. Un des raisonneurs qui étaient à ses côtés lui
 dit dans un entr'acte : « Vous avez grand tort de pleurer,
55 cette actrice est fort mauvaise; l'acteur qui joue avec elle
 est plus mauvais acteur encore; la pièce est encore plus
 mauvaise que les acteurs; l'auteur ne sait pas un mot d'arabe,
 et cependant la scène est en Arabie; et, de plus, c'est un
 homme qui ne croit pas aux idées innées; je vous apporterai
60 demain vingt brochures contre lui. — Monsieur, combien
 avez-vous de pièces de théâtre en France? » dit Candide à
 l'abbé; lequel répondit : « Cinq ou six mille. — C'est beau-
 coup, dit Candide; combien y en a-t-il de bonnes? — Quinze
 ou seize, répliqua l'autre. — C'est beaucoup », dit Martin.

65 Candide fut très content d'une actrice qui faisait la reine
 Elisabeth, dans une assez plate tragédie que l'on joue quel-
 quefois. « Cette actrice, dit-il à Martin, me plaît beaucoup;
 elle a un faux air de mademoiselle Cunégonde; je serais
 bien aise de la saluer. » L'abbé périgourdin s'offrit à l'intro-
70 duire chez elle. Candide, élevé en Allemagne, demanda
 quelle était l'étiquette, et comment on traitait en France les
 reines d'Angleterre. « Il faut distinguer, dit l'abbé; en pro-
 vince, on les mène au cabaret; à Paris, on les respecte quand
 elles sont belles, et on les jette à la voirie quand elles sont
75 mortes. — Des reines à la voirie! dit Candide. — Oui
 vraiment, dit Martin; monsieur l'abbé a raison : j'étais à
 Paris quand mademoiselle Monime passa, comme on dit,
 de cette vie à l'autre; on lui refusa ce que ces gens-ci appel-
 lent les honneurs de la sépulture, c'est-à-dire de pourrir avec
80 tous les gueux du quartier dans un vilain cimetière; elle
 fut enterrée toute seule de sa bande au coin de la rue de
 Bourgogne; ce qui dut lui faire une peine extrême, car elle
 pensait très noblement. — Cela est bien impoli, dit Candide.
 — Que voulez-vous? dit Martin; ces gens-ci sont ainsi faits.
85 Imaginez toutes les contradictions, toutes les incompati-
 bilités possibles, vous les verrez dans le gouvernement,
 dans les tribunaux, dans les églises, dans les spectacles de
 cette drôle de nation. — Est-il vrai qu'on rit toujours à
 Paris? dit Candide. — Oui, dit l'abbé; mais c'est en enra-
90 geant : car on s'y plaint de tout avec de grands éclats de
 rire; même on y fait en riant les actions les plus détesta-
 bles.

45 : *abbé* (n.m.) : titre donné à un prêtre séculier.
45 : *périgourdin* (adj.) : originaire du Périgord ou de Périgueux.
45 : *empressé* (adj.) : qui montre de l'ardeur, du zèle, à l'égard de quelqu'un.
46 : *alerte* (adj.) : prompt dans ses mouvements.
46 : *serviable* (adj.) : qui aime à rendre service.
46 : *effronté* (adj.) : qui témoigne de l'effronterie. Hardi, insolent.
46 : *caressant* (adj.) : qui fait des caresses. Ici, aimable.
47 : *accommodant* (adj.) : complaisant, conciliant, sociable.
47 : *guetter* (v.t.) : épier pour surprendre, observer, surveiller.
48 : *scandaleux (histoire scandaleuse)* : ici, histoire qui cause du scandale, indignation que produit une action coupable.
50 : *comédie* (n.f.) : ici, il s'agit du lieu même où l'on joue la comédie : le théâtre. Autrement, la comédie est une pièce de théâtre qui excite le rire par la peinture des mœurs, des ridicules, ou la succession de situations inattendues.
51 : *beaux esprits* : personnes qui font profession du goût et de la pratique des lettres.
53 : *raisonneur* (n.m.) : ici, personne qui fatigue par de longs raisonnements.
54 : *entr'acte* : intervalle entre les actes d'une pièce de théâtre. S'écrit aujourd'hui entracte.
59 : *idées innées* : idées qui, selon certains philosophes, ne proviendraient pas de l'expérience, mais seraient en notre esprit dès notre naissance.
60 : *brochure* (n.f.) : ouvrage broché peu volumineux.
66 : *plate (plate tragédie)* : ici, tragédie dépourvue d'attrait, de piquant, d'élégance.
68 : *faux air* : ressemblance trompeuse.
69 : *être bien aise* : ici, dans le sens de être content, trouver agréable : cela plairait à Candide de rencontrer l'actrice.
69 : *saluer* (v.t.) : donner à quelqu'un une marque extérieure d'attention, de civilité, de respect.
69 : *introduire* (v.t.) : ici, présenter.
71 : *étiquette* (n.f.) : ici, formes cérémonieuses, usitées entre particuliers.
74 : *voirie* (n.f.) : lieu où l'on dépose les immondices, les débris d'animaux, etc.
79 : *sépulture (les honneurs de la)* (n.f.) : le fait d'être enterré en terre consacrée.
79 : *pourrir* (v.i.) : entrer en putréfaction.
80 : *gueux* (n.) : indigent qui est réduit à mendier.
80 : *cimetière* (n.m.) : lieu où l'on enterre les morts.

85 : *contradiction* (n.f.) : action de contredire ou résultat de cette action. Incompatibilité, opposition.
86 : *incompatibilité* (n.f.) : impossibilité de s'accorder.

89 : *enrageant* : ici, sous le coup du dépit, de l'irritation.

— Quel est, dit Candide, ce gros cochon qui me disait tant de mal de la pièce où j'ai tant pleuré, et des acteurs
95 qui m'ont fait tant de plaisir? — C'est un mal vivant, répondit l'abbé, qui gagne sa vie à dire du mal de toutes les pièces et de tous les livres; il hait quiconque réussit, comme les eunuques haïssent les jouissants; c'est un de ces serpents de la littérature qui se nourrissent de fange et de venin;
100 c'est un folliculaire. — Qu'appelez-vous folliculaire? dit Candide. — C'est, dit l'abbé, un faiseur de feuilles, un Fréron. »

C'est ainsi que Candide, Martin, et le Périgourdin, raisonnaient sur l'escalier, en voyant défiler le monde au sortir de
105 la pièce. « Quoique je sois très empressé de revoir mademoiselle Cunégonde, dit Candide, je voudrais pourtant souper avec mademoiselle Clairon, car elle m'a paru admirable. »

L'abbé n'était pas homme à approcher de mademoiselle
110 Clairon, qui ne voyait que bonne compagnie. « Elle est engagée pour ce soir, dit-il; mais j'aurai l'honneur de vous mener chez une dame de qualité, et là vous connaîtrez Paris comme si vous y aviez été quatre ans. »

Candide, qui était naturellement curieux, se laissa mener
115 chez la dame, au fond du faubourg St. Honoré; on y était occupé d'un pharaon; douze tristes pontes tenaient chacun en main un petit livre de cartes, registre cornu de leurs infortunes. Un profond silence régnait, la pâleur était sur le front des pontes, l'inquiétude sur celui du banquier;
120 et la dame du logis, assise auprès de ce banquier impitoyable, remarquait avec des yeux de lynx tous les parolis, tous les sept-et-le-va de campagne, dont chaque joueur cornait ses cartes; elle les faisait décorner avec une attention sévère, mais polie, et ne se fâchait point, de peur de perdre ses
125 pratiques. La dame se faisait appeler la marquise de Parolignac. Sa fille, âgée de quinze ans, était au nombre des pontes, et avertissait d'un clin d'œil des friponneries de ces pauvres gens qui tâchaient de réparer les cruautés du sort. L'abbé périgourdin, Candide, et Martin, entrèrent; personne
130 ne se leva, ni les salua, ni les regarda; tous étaient profondément occupés de leurs cartes. « Madame la baronne de Thunder-ten-tronckh était plus civile », dit Candide.

Cependant l'abbé s'approcha de l'oreille de la marquise, qui se leva à moitié, honora Candide d'un sourire gracieux,
135 et Martin d'un air de tête tout à fait noble; elle fit donner un siège et un jeu de cartes à Candide, qui perdit cinquante mille francs en deux tailles : après quoi on soupa très gaiement; et tout le monde était étonné que Candide ne fût pas ému de sa perte; les laquais disaient entre eux, dans leur

95 : mal-vivant : contraire de « bon vivant ». Méchant homme.
96 : pièce (n.f.) : ici, pièce de théâtre (voir le mot comédie ligne 50).
98 : eunuque (n.m.) : homme castré préposé autrefois à la garde d'un serail
98 : jouissant (.) : ici, celui qui se procure le plaisir des sens.
99 : fange (n.f.) : boue épaisse. Ici pris au sens figuré.
99 : venin (n.m.) : liquide toxique sécrété chez certains animaux et qui se communique par une piqûre ou une morsure : le venin de certains serpents comme la vipère.
100 : folliculaire : en latin, follicula : petite feuille. Le folliculaire, mot vraisemblablement créé par Voltaire désigne un journaliste ou un pamphlétaire.
102 : Fréron : Elie Fréron, publiciste français (1719-1776), fondateur de l'année littéraire, gazette hostile au mouvement philosophique.
102 : faiseur de feuilles : celui qui fait des feuilles de journal : nom péjoratif pour qualifier un journaliste.

111 : engagé (être) (adj.) : qui intervient et prend parti dans les problèmes de son époque.

116 : pharaon : jeu de hasard qui se joue avec des cartes, pharaon étant le nom du roi de cœur.
117 : registre (n.m.) : ici, éventail de du cartes.
117 : cornu (du verbe corner) : c'est l'une des règles très complexes du jeu du pharaon.
118 : infortunes (n.f.p.) : événements malheureux.
119 : ponte (n.m.) : celui des joueurs qui joue contre le banquier.
121 : lynx (n.m.) : genre de mammifère carnivore de la taille d'un gros chat à vue perçante et de mœurs sanguinaires.
121 : paroli (n.m.) : action de doubler au jeu une mise gagnée.
122 : sept-et-le-va de campagne : autre coup de cartes au jeu du pharaon.
122 : corner (décorner) : voir définition ligne 117.
125 : pratique (ses pratiques) : ici, terme définissant les joueurs fréquentant habituellement les salons de la « marquise de Polignac ». Ses clients.
127 : clin d'œil (n.m.) : mouvement rapide des paupières, qu'on baisse et qu'on relève rapidement.
127 : friponnerie (n.f.) : action de fripon. Le fripon est une personne qui trompe adroitement.
128 : cruauté (cruauté du sort) (n.f.) : hostilité, rigueur du destin.
132 : civile (plus civile) (adj.) : qui observe les règles de la bonne société.
137 : taille : ici, série complète de coups qui se succèdent jusqu'à l'épuisement des cartes.
139 : ému (adj.) : qui est troublé par une émotion passagère provoquée par la joie, la surprise, la peur, etc.

140 langage de laquais : « Il faut que ce soit quelque milord anglais. »

Le souper fut comme la plupart des soupers de Paris : d'abord du silence, ensuite un bruit de paroles qu'on ne distingue point, puis des plaisanteries dont la plupart sont

145 insipides, de fausses nouvelles, de mauvais raisonnements, un peu de politique, et beaucoup de médisance; on parla même de livres nouveaux. « Avez-vous vu, dit l'abbé périgourdin, le roman du sieur Gauchat, docteur en théologie? — Oui, répondit un des convives; mais je n'ai pu

150 l'achever. Nous avons une foule d'écrits impertinents; mais tous ensemble n'approchent pas de l'impertinence de Gauchat, docteur en théologie; je suis si rassasié de cette immensité de détestables livres qui nous inondent que je me suis mis à ponter au pharaon. — Et les *Mélanges* de

155 l'archidiacre T..., qu'en dites-vous? dit l'abbé. — Ah! dit madame de Parolignac, l'ennuyeux mortel! comme il vous dit curieusement ce que tout le monde sait! comme il discute pesamment ce qui ne vaut pas la peine d'être remarqué légèrement! comme il s'approprie, sans esprit, l'esprit des

160 autres! comme il gâte ce qu'il pille! comme il me dégoûte! mais il ne me dégoûtera plus; c'est assez d'avoir lu quelques pages de l'archidiacre. »

Il y avait à table un homme savant et de goût qui appuya ce que disait la marquise. On parla ensuite de tragédies;

165 la dame demanda pourquoi il y avait des tragédies qu'on jouait quelquefois, et qu'on ne pouvait lire. L'homme de goût expliqua très bien comment une pièce pouvait avoir quelque intérêt, et n'avoir presque aucun mérite; il prouva en peu de mots que ce n'était pas assez d'amener une ou

170 deux de ces situations qu'on trouve dans tous les romans, et qui séduisent toujours les spectateurs, mais qu'il faut être neuf sans être bizarre, souvent sublime et toujours naturel; connaître le cœur humain et le faire parler; être grand poète sans que jamais aucun personnage de la pièce

175 paraisse poète; savoir parfaitement sa langue, la parler avec pureté, avec une harmonie continue, sans que jamais la rime coûte rien au sens. « Quiconque, ajouta-t-il, n'observe pas toutes ces règles peut faire une ou deux tragédies applaudies au théâtre, mais il ne sera jamais compté au rang

180 des bons écrivains; il y a très peu de bonnes tragédies : les unes sont des idylles en dialogues bien écrits et bien rimés; les autres, des raisonnements politiques qui endorment, ou des amplifications qui rebutent; les autres, des rêves d'énergumène, en style barbare, des propos interrom-

185 pus, de longues apostrophes aux dieux, parce qu'on ne sait point parler aux hommes, des maximes fausses, des lieux communs ampoulés. »

140 : *laquais* (n.m.) : valet de pied qui porte la livrée.

144 : *plaisanterie* (n.f.) : chose dite ou faite pour amuser.
145 : *insipide* (adj.) : qui n'a point de saveur, de goût.
146 : *médisance* (n.f.) : révélation des fautes, des défauts d'autrui avec l'intention de nuire.
149 : *convive* (n.) : qui prend ou doit prendre part à un repas.
150 : *achever* (v.t.) : finir une chose commencée.
150 : *écrit* (n.m.) : ici, ouvrage littéraire.
151 : *impertinent(e)* (adj.) : ici, dont le ton est déplacé ou offensant.
152 : *rassasier* (v.t.) : ici, pris au figuré : satisfait, assouvi jusqu'au dégoût.
153 : *immensité* (n.f.) : très vaste étendue.
153 : *détestable* (adj.) : qu'on doit détester, qu'on ne peut supporter.
153 : *inonder* (v.t.) : ici, submerger par un débordement, un trop grand nombre de livres.
154 : *ponter* (v.i.) : mettre de l'argent, contre le banquier, au jeu de hasard (voir ligne 119).
156 : *archidiacre* (n.m.) : vicaire général chargé par l'évêque de l'administration d'une partie du diocèse.
160 : *gâter* (v.t.) : endommager, détériorer.
160 : *piller* (v.t.) : ici, au figuré : plagier les œuvres d'autrui.
163 : *goût (homme de goût)* : personne qui a du discernement, qui a le sentiment du beau.
163 : *appuyer* (v.t.) : soutenir, insister.
169 : *amener (une situation)* : ici, introduire, faire venir.
172 : *sublime* (adj.) : le plus haut, le plus élevé, en parlant des choses morales, intellectuelles.
177 : *coûter* (v.i.) : ici, nuir, peser, être pénible.
177 : *sens* (n.m.) : ici, signification.
181 : *idylle* (n.f.) : petit poème du genre bucolique ou pastoral. Ici, pièce sentimentale.
181 : *dialogue* (n.m.) : ici, ensemble des paroles échangées entre les personnages d'une pièce de théâtre.
183 : *amplification* (n.f.) : développement, grossissement.
183 : *rebuter* (v.t.) : déplaire, décourager.
184 : *énergumène* (n.) : homme exalté, qui parle, gesticule avec véhémence.
184 : *style* (n.m.) : manière particulière d'écrire, d'exprimer sa pensée.
184 : *barbare* (adj.) : contraire aux règles ou à l'usage.
185 : *apostrophe* (n.f.) : figure de rhétorique par laquelle on s'adresse directement aux personnes ou aux choses personnifiées.
186 : *maxime* (n.f.) : proposition générale énoncée sous la forme d'un précepte.
186 : *lieux communs* : réflexions générales ou banales, idées rebattues.
187 : *ampoulé(e)* (adj.) : emphatique, boursouflé, pompeux.

Candide écouta ce propos avec attention, et conçut une
grande idée du discoureur; et, comme la marquise avait
190 eu soin de le placer à côté d'elle, il s'approcha de son oreille,
et prit la liberté de lui demander qui était cet homme qui
parlait si bien. « C'est un savant, dit la dame, qui ne ponte
point, et que l'abbé m'amène quelquefois à souper : il se
connaît parfaitement en tragédies et en livres, et il a fait
195 une tragédie sifflée, et un livre dont on n'a jamais vu hors de
la boutique de son libraire qu'un exemplaire, qu'il m'a
dédié. — Le grand homme! dit Candide, c'est un autre
Pangloss. »

189 : *discoureur (euse)* (n.) : personne qui aime à faire de longs discours.

195 : *siffler (tragédie sifflée)* (v.i.) : témoigner sa désapprobation à coups de sifflet à l'égard de quelqu'un ou de quelque chose.

196 : *exemplaire* (n.m.) : chaque objet formé d'après un type commun. Signifie ici un seul et unique livre.

197 : *dédier* (v.t.) : faire hommage d'un livre à quelqu'un.

LA VIE PARISIENNE

44

● **Ce chapitre est fait de pièces et de morceaux :** la peinture de la vie
de plaisirs frelatés* reprend *le monde comme il va* de 1748, et semble lé-
gèrement décalée* par rapport à la réalité de 1758, ce qui est normal après
huit années d'absence. Au contraire, les querelles littéraires sont à la pointe
de l'actualité, et même ont été l'objet de cinq rédactions successives, avec des
remaniements (de 1760 et de 1761) qui vont toujours dans le sens d'une
rancœur et d'une violence accrues.

✦ **Paris comme il va**

Cette satire des mœurs parisiennes est faite de clichés traditionnels. Ainsi
la faune* des salons (aventurières, abbés) se retrouve dans le *Cosmopolite*
de **Fougeret de Montbron** (« *cette fourmilière d'animaux équivoques sans
état ans sexe, connus sous le nom d'abbés, reçus partout et partout méprisés* ») ;
la description des tripots dans la *Nouvelle Babylone* du même pamphlé-
taire* (« *Il y a à Paris, à la honte du bon ordre, deux cent maisons de jeu, ou
plutôt deux cent coupe-gorge qui sont le rendez-vous des fripons et des dupes* »).
Goudar, dans l'*Histoire des Grecs* (1757) décrit toutes les friponneries
du pharaon « *accompagnées d'une douceur et d'une politesse qui consolaient les
dupes dans le temps même qu'elles les ruinaient.* »

✦ **Querelles littéraires et philosophiques**

On retrouve les problèmes qui tiennent à cœur à Voltaire: *l'injuste condi-
tion des comédiens* (l'affaire d'Adrienne Lecouvreur dont le corps
avait été jeté à la voirie*, les menaces qui pèsent sur Mlle Clairon, etc.)

— les activités de la *« canaille écrivante »* et de la *« canaille ca-
balante » ;* Ses ennemis personnels sont pris à partie : **Fréron**, qu'il
ridiculisera dans *Le pauvre diable*, l'archidiacre **Trublet**, « *ennuyeux
mortel* » et rédacteur du *Journal chrétien*, et l'auteur des *Lettres
critiques...*, l'apologiste **Gabriel Gauchat.**

— Il ne peut s'empêcher d'évoquer la querelle autour de sa tragédie de
Tancrède (1760) où la comédienne Clairon fit merveille.

✦ **La présentation de ce chapitre « à tiroirs » n'est guère originale.**

On y retrouve les procédés de la scène des portraits du *Misanthrope,*
de **Molière** (1666), les traits de **La Bruyère**, *Les Caractères* (1688), et
surtout le souvenir des *Lettres persanes* (1721) de **Montesquieu** dont
Voltaire reprend le mouvement (lettres XLVIII) : « *Qui est cet homme... ?
— cet homme ... est un fermier. — Et ce vieux homme ... ? — c'est un vieux
guerrier* » etc...

● **198**

Alors, se tournant vers lui, il lui dit : « Monsieur, vous
200 pensez, sans doute, que tout est au mieux dans le monde
physique et dans le moral, et que rien ne pouvait être au-
trement? — Moi, monsieur, lui répondit le savant, je ne
pense rien de tout cela : je trouve que tout va de travers
chez nous; que personne ne sait ni quel est son rang, ni
205 quelle est sa charge, ni ce qu'il fait, ni ce qu'il doit faire, et
qu'excepté le souper, qui est assez gai, et où il paraît assez
d'union, tout le reste du temps se passe en querelles imper-
tinentes : jansénistes contre molinistes, gens du parlement
contre gens d'église, gens de lettres contre gens de lettres,
210 courtisans contre courtisans, financiers contre le peuple,
femmes contre maris, parents contre parents; c'est une
guerre éternelle. »

Candide lui répliqua : « J'ai vu pis : mais un sage, qui
depuis a eu le malheur d'être pendu, m'apprit que tout
215 cela est à merveille : ce sont des ombres à un beau tableau.
— Votre pendu se moquait du monde, dit Martin; vos
ombres sont des taches horribles. — Ce sont les hommes
qui font les taches, dit Candide, et ils ne peuvent pas s'en
dispenser. — Ce n'est donc pas leur faute, dit Martin. »
220 La plupart des pontes, qui n'entendaient rien à ce langage,
buvaient; et Martin raisonna avec le savant, et Candide
raconta une partie de ses aventures à la dame du logis.

Après souper, la marquise mena Candide dans son cabinet,
et le fit asseoir sur un canapé. « Eh bien! lui dit-elle, vous
225 aimez donc toujours éperdument mademoiselle Cunégonde
de Thunder-ten-tronckh? — Oui, madame », répondit Can-
dide. La marquise lui répliqua avec un sourire tendre :
« Vous me répondez comme un jeune homme de Westpha-
lie; un Français m'aurait dit : « Il est vrai que j'ai aimé
230 mademoiselle Cunégonde; mais, en vous voyant, madame,
je crains de ne la plus aimer. » — Hélas! madame, dit Can-
dide, je répondrai comme vous voudrez. — Votre passion
pour elle, dit la marquise, a commencé en ramassant son
mouchoir; je veux que vous ramassiez ma jarretière. —
235 De tout mon cœur », dit Candide; et il la ramassa. « Mais
je veux que vous me la remettiez », dit la dame; et Candide
la lui remit. « Voyez-vous, dit la dame, vous êtes étranger;
je fais quelquefois languir mes amants de Paris quinze jours,
mais je me rends à vous dès la première nuit, parce qu'il
240 faut faire les honneurs de son pays à un jeune homme de
Westphalie. » La belle, ayant aperçu deux énormes diamants
au deux mains de son jeune étranger, les loua de si bonne
foi que des doigts de Candide ils passèrent aux doigts de la
marquise.
245 Candide, en s'en retournant avec son abbé périgourdin,
sentit quelques remords d'avoir fait une infidélité à made-

Un souper à Paris au XVIIIe
siècle, par Ollivier, Musée de
Versailles.
▼

moiselle Cunégonde; monsieur l'abbé entra dans sa peine;
il n'avait qu'une légère part aux cinquante mille livres per-
dues au jeu par Candide, et à la valeur des deux brillants
250 moitié donnés, moitié extorqués. Son dessein était de pro-
fiter, autant qu'il le pourrait, des avantages que la connais-
sance de Candide pouvait lui procurer. Il lui parla beaucoup
de Cunégonde, et Candide lui dit qu'il demanderait bien
pardon à cette belle de son infidélité, quand il la verrait
255 à Venise.

Le Périgourdin redoublait de politesses et d'attentions,
et prenait un intérêt tendre à tout ce que Candide disait,
à tout ce qu'il faisait, à tout ce qu'il voulait faire. « Vous
avez donc, monsieur, lui dit-il, un rendez-vous à Venise? —
260 Oui, monsieur l'abbé, dit Candide; il faut absolument que
j'aille trouver mademoiselle Cunégonde. » Alors, engagé
par le plaisir de parler de ce qu'il aimait, il conta, selon son
usage, une partie de ses aventures avec cette illustre West-
phalienne.

265 « Je crois, dit l'abbé, que mademoiselle Cunégonde a bien
de l'esprit, et qu'elle écrit des lettres charmantes. — Je
n'en ai jamais reçu, dit Candide; car, figurez-vous qu'ayant
été chassé du château pour l'amour d'elle, je ne pus lui
écrire; que bientôt après j'appris qu'elle était morte,
270 qu'ensuite je la retrouvai, et que je la perdis, et que je lui
ai envoyé à deux mille cinq cents lieues d'ici un exprès
dont j'attends la réponse. »

L'abbé écoutait attentivement, et paraissait un peu rêveur.
Il prit bientôt congé des deux étrangers, après les avoir
275 tendrement embrassés. Le lendemain Candide reçut à son
réveil une lettre conçue en ces termes :

« Monsieur mon très cher amant, il y a huit jours que je
suis malade en cette ville; j'apprends que vous y êtes. Je
volerais dans vos bras si je pouvais remuer. J'ai su votre
280 passage à Bordeaux; j'y ai laissé le fidèle Cacambo et la
vieille, qui doivent bientôt me suivre. Le gouverneur de
Buenos-Ayres a tout pris, mais il me reste votre cœur.
Venez; votre présence me rendra la vie ou me fera mourir
de plaisir. »

285 Cette lettre charmante, cette lettre inespérée, transporta
Candide d'une joie inexprimable; et la maladie de sa chère
Cunégonde l'accabla de douleur. Partagé entre ces deux
sentiments, il prend son or et ses diamants, et se fait con-
duire avec Martin à l'hôtel où mademoiselle Cunégonde
290 demeurait. Il entre en tremblant d'émotion, son cœur pal-
pite, sa voix sanglote; il veut ouvrir les rideaux du lit; il
veut faire apporter de la lumière. « Gardez-vous-en bien,
lui dit la suivante; la lumière la tue », et soudain elle re-
ferme le rideau. « Ma chère Cunégonde, dit Candide en

295 pleurant, comment vous portez-vous? si vous ne pouvez
me voir, parlez-moi du moins. — Elle ne peut parler », dit
la suivante. La dame alors tire du lit une main potelée que
Candide arrose longtemps de ses larmes, et qu'il remplit
ensuite de diamants, en laissant un sac plein d'or sur le fau-
300 teuil.

Au milieu de ses transports arrive un exempt suivi de
l'abbé périgourdin et d'une escouade. « Voilà donc, dit-il,
ces deux étrangers suspects? » Il les fait incontinent saisir, et
ordonne à ses braves de les traîner en prison. « Ce n'est
305 pas ainsi qu'on traite les voyageurs dans le Dorado, dit Can-
dide. — Je suis plus manichéen que jamais, dit Martin. —
Mais, monsieur, où nous menez-vous? dit Candide. — Dans
un cul-de-basse-fosse », dit l'exempt.

Martin, ayant repris son sang-froid, jugea que la dame qui
310 se prétendait Cunégonde était une friponne, monsieur
l'abbé périgourdin un fripon qui avait abusé au plus vite
de l'innocence de Candide, et l'exempt un autre fripon dont
on pouvait aisément se débarrasser.

Plutôt que de s'exposer aux procédures de la justice,
315 Candide, éclairé par son conseil, et d'ailleurs toujours
impatient de revoir la véritable Cunégonde, propose à
l'exempt trois petits diamants d'environ trois mille pistoles
chacun. « Ah! monsieur, lui dit l'homme au bâton d'ivoire,
eussiez-vous commis tous les crimes imaginables, vous êtes
320 le plus honnête homme du monde. Trois diamants! chacun
de trois mille pistoles! Monsieur! je me ferais tuer pour vous,
au lieu de vous mener dans un cachot. On arrête tous les
étrangers, mais laissez-moi faire; j'ai un frère à Dieppe en
Normandie; je vais vous y mener; et si vous avez quelque
325 diamant à lui donner, il aura soin de vous comme moi-même.
— Et pourquoi arrête-t-on tous les étrangers? » dit Candide.
L'abbé périgourdin prit alors la parole, et dit : « C'est
parce qu'un gueux du pays d'Atrébatie a entendu dire des
sottises : cela seul lui a fait commettre un parricide, non
330 pas tel que celui de 1610 au mois de mai, mais tel que celui
de 1594 au mois de décembre, et tel que plusieurs autres
commis dans d'autres années et dans d'autres mois par
d'autres gueux qui avaient entendu dire des sottises. »
L'exempt alors expliqua de quoi il s'agissait. « Ah! les
335 monstres! s'écria Candide; quoi! de telles horreurs chez
un peuple qui danse et qui chante! Ne pourrai-je sortir au
plus vite de ce pays où des singes agacent des tigres? J'ai
vu des ours dans mon pays; je n'ai vu des hommes que dans
le Dorado. Au nom de Dieu, monsieur l'exempt, menez-
340 moi à Venise, où je dois attendre mademoiselle Cunégonde.
— Je ne peux vous mener qu'en Basse-Normandie », dit le
barigel. Aussitôt il lui fait ôter ses fers, dit qu'il s'est mépris,

▲ Voltaire en prison à la Bastille (*Ph. Roger-Viollet*).

renvoie ses gens, et emmène à Dieppe Candide et Martin,
et les laisse entre les mains de son frère. Il y avait un petit
345 vaisseau hollandais à la rade. Le Normand, à l'aide de trois
autres diamants devenu le plus serviable des hommes,
embarque Candide et ses gens dans le vaisseau qui allait
faire voile pour Portsmouth en Angleterre. Ce n'était pas
le chemin de Venise; mais Candide croyait être délivré de
350 l'enfer; et il comptait bien reprendre la route de Venise à la
première occasion.

CHAPITRE VINGT-TROISIÈME

*Candide et Martin vont sur les côtes d'Angleterre;
ce qu'ils y voient*

▲
La folie des armes, par Eisen
(Ph. B.N.).

« Ah! Pangloss! Pangloss! Ah! Martin! Martin! Ah! ma
chère Cunégonde! qu'est-ce-que ce monde-ci? disait Can-
dide sur le vaisseau hollandais. — Quelque chose de bien
fou et de bien abominable, répondait Martin. — Vous
5 connaissez l'Angleterre; y est-on aussi fou qu'en France? —
C'est une autre espèce de folie, dit Martin. Vous savez que
ces deux nations sont en guerre pour quelques arpents de
neige vers le Canada, et qu'elles dépensent pour cette belle
guerre beaucoup plus que tout le Canada ne vaut. De vous
10 dire précisément s'il y a plus de gens à lier dans un pays
que dans un autre, c'est ce que mes faibles lumières ne me
permettent pas; je sais seulement qu'en général les gens que
nous allons voir sont fort atrabilaires. »
En causant ainsi ils abordèrent à Portsmouth; une mul-
15 titude de peuple couvrait le rivage, et regardait attentive-
ment un assez gros homme qui était à genoux, les yeux
bandés, sur le tillac d'un des vaisseaux de la flotte; quatre
soldats, postés vis-à-vis de cet homme, lui tirèrent chacun
trois balles dans le crâne, le plus paisiblement du monde;
20 et toute l'assemblée s'en retourna extrêmement satisfaite.
« Qu'est-ce donc que tout ceci? dit Candide; et quel démon
exerce partout son empire? » Il demanda qui était ce gros
homme qu'on venait de tuer en cérémonie. « C'est un ami-
ral, lui répondit-on. — Et pourquoi tuer cet amiral? —
25 C'est, lui dit-on, parce qu'il n'a pas fait tuer assez de monde;
il a livré un combat à un amiral français, et on a trouvé qu'il
n'était pas assez près de lui. — Mais, dit Candide, l'amiral
français était aussi loin de l'amiral anglais que celui-ci l'était
de l'autre! — Cela est incontestable, lui répliqua-t-on;
30 mais dans ce pays-ci il est bon de tuer de temps en temps un
amiral pour encourager les autres. »
Candide fut si étourdi et si choqué de ce qu'il voyait et
de ce qu'il entendait qu'il ne voulut pas seulement mettre
pied à terre, et qu'il fit son marché avec le patron hollan-
35 dais (dût-il le voler comme celui de Surinam) pour le con-
duire sans délai à Venise.
Le patron fut prêt au bout de deux jours. On côtoya la
France; on passa à la vue de Lisbonne, et Candide frémit.
On entra dans le détroit et dans la Méditerranée; enfin on
40 aborda à Venise. « Dieu soit loué! dit Candide, en embras-
sant Martin; c'est ici que je reverrai la belle Cunégonde.
Je compte sur Cacambo comme sur moi-même. Tout est
bien, tout va le mieux qu'il soit possible. »

> *Candide continue d'être grugé
> par l'abbé, qui lui extorque
> son argent et le fait arrêter,
> en l'attirant dans un guet-
> apens avec de fausses lettres
> de Cunégonde. Mais il achète
> l'exempt qui lui trouve un
> embarquement pour l'Angle-
> terre. A Portsmouth, Candide
> et Martin assistent à l'exécu-
> tion d'un amiral, puis s'en-
> tendent avec un patron hollan-
> dais qui les mène à Venise.*

CHAPITRE VINGT-QUATRIÈME

De Paquette, et de frère Giroflée

Dès qu'il fut à Venise, il fit chercher Cacambo dans tous les cabarets, dans tous les cafés, chez toutes les filles de joie, et ne le trouva point. Il envoyait tous les jours à la découverte de tous les vaisseaux et de toutes les barques : nulles nou-
5 velles de Cacambo. « Quoi! disait-il à Martin, j'ai eu le temps de passer de Surinam à Bordeaux, d'aller de Bordeaux à Paris, de Paris à Dieppe, de Dieppe à Portsmouth, de côtoyer le Portugal et l'Espagne, de traverser toute la Méditerranée, de passer quelques mois à Venise, et la belle Cunégonde n'est
10 point venue! Je n'ai rencontré au lieu d'elle qu'une drôlesse et un abbé périgourdin! Cunégonde est morte, sans doute; je n'ai plus qu'à mourir. Ah! il valait mieux rester dans le paradis du Dorado que de revenir dans cette maudite Europe. Que vous avez raison, mon cher Martin! tout n'est qu'illu-
15 sion et calamité. »

Il tomba dans une mélancolie noire, et ne prit aucune part à l'opéra *alla moda*, ni aux autres divertissements du carnaval; pas une dame ne lui donna la moindre tentation. Martin lui dit : « Vous êtes bien simple, en vérité, de vous figurer
20 qu'un valet métis qui a cinq ou six millions dans ses poches ira chercher votre maîtresse au bout du monde et vous l'amènera à Venise. Il la prendra pour lui, s'il la trouve. S'il ne la trouve pas, il en prendra une autre : je vous conseille d'oublier votre valet Cacambo et votre maîtresse Cuné-
25 gonde. » Martin n'était pas consolant. La mélancolie de Candide augmenta, et Martin ne cessait de lui prouver qu'il y avait peu de vertu et peu de bonheur sur la terre; excepté peut-être dans Eldorado, où personne ne pouvait aller.

En disputant sur cette matière importante, et en attendant
30 Cunégonde, Candide aperçut un jeune théatin dans la place St. Marc, qui tenait sous le bras une fille. Le théatin paraissait frais, potelé, vigoureux; ses yeux étaient brillants, son air assuré, sa mine haute, sa démarche fière. La fille était très jolie, et chantait; elle regardait amoureusement son théatin,
35 et de temps en temps lui pinçait ses grosses joues. « Vous m'avouerez du moins, dit Candide à Martin, que ces gens-ci sont heureux. Je n'ai trouvé jusqu'à présent dans toute la terre habitable, excepté dans Eldorado, que des infortunés; mais pour cette fille et ce théatin, je gage que ce sont des
40 créatures très heureuses. — Je gage que non, dit Martin. — Il n'y a qu'à les prier à dîner, dit Candide, et vous verrez si je me trompe. »

Aussitôt il les aborde, il leur fait son compliment, et les invite à venir à son hôtellerie manger des macaronis, des
45 perdrix de Lombardie, des œufs d'esturgeon, et à boire du vin de Montepulciano, du lacryma-christi, du chypre, et du samos. La demoiselle rougit, le théatin accepta la partie, et la fille le suivit en regardant Candide avec des yeux de surprise et de confusion, qui furent obscurcis de quelques lar
50 mes. A peine fut-elle entrée dans la chambre de Candide, qu'elle lui dit : « Eh quoi! monsieur Candide ne reconnaît plus Paquette! » A ces mots, Candide, qui ne l'avait pas considérée jusque-là avec attention, parce qu'il n'était occupé que de Cunégonde, lui dit : « Hélas! ma pauvre enfant,
55 c'est donc vous qui avez mis le docteur Pangloss dans le bel état où je l'ai vu?

— Hélas! monsieur, c'est moi-même, dit Paquette; je vois que vous êtes instruit de tout. J'ai su les malheurs épouvantables arrivés à toute la maison de madame la baronne et
60 à la belle Cunégonde. Je vous jure que ma destinée n'a guère été moins triste. J'étais fort innocente quand vous m'avez vue. Un cordelier, qui était mon confesseur, me séduisit aisément. Les suites en furent affreuses; je fus obligée de sortir du château quelque temps après que monsieur le baron
65 vous eut renvoyé à grands coups de pied dans le derrière. Si un fameux médecin n'avait pas pris pitié de moi, j'étais morte. Je fus quelque temps par reconnaissance la maîtresse de ce médecin. Sa femme, qui était jalouse à la rage, me battait tous les jours impitoyablement; c'était une furie. Ce
70 médecin était le plus laid de tous les hommes, et moi la plus malheureuse de toutes les créatures d'être battue continuellement pour un homme que je n'aimais pas. Vous savez, monsieur, combien il est dangereux pour une femme acariâtre d'être l'épouse d'un médecin. Celui-ci, outré des procédés
75 de sa femme, lui donna un jour, pour la guérir d'un petit rhume, une médecine si efficace qu'elle en mourut en deux heures de temps dans des convulsions horribles. Les parents de madame intentèrent à monsieur un procès criminel; il prit la fuite, et moi, je fus mise en prison. Mon innocence
80 ne m'aurait pas sauvée si je n'avais été un peu jolie. Le juge m'élargit, à condition qu'il succéderait au médecin. Je fus bientôt supplantée par une rivale, chassée sans récompense, et obligée de continuer ce métier abominable qui vous paraît si plaisant à vous autres hommes, et qui n'est pour nous
85 qu'un abîme de misère. J'allai exercer la profession à Venise. Ah! monsieur, si vous pouviez vous imaginer ce que c'est que d'être obligée de caresser indifféremment un vieux marchand, un avocat, un moine, un gondolier, un abbé; d'être exposée à toutes les insultes, à toutes les avanies;
90 d'être souvent réduite à emprunter une jupe pour aller se

A Venise, pas de Cunégonde mais rencontre émouvante avec Pâquette, l'ancienne chambrière du château de Westphalie qui raconte sa dure vie de prostituée, et le galant de celle-ci, frère Giroflée, moine en rupture de couvent. Ils se rendent ensuite chez le Seigneur Pococurante, noble Vénitien qui vit dans un luxe raffiné. C'est un homme de goût, mais un blasé qui critique tout. Puis ils rencontrent Cacambo, devenu esclave, qui leur promet des nouvelles de Cunégonde.

la faire lever par un homme dégoûtant; d'être volée par
l'un de ce qu'on a gagné avec l'autre; d'être rançonnée par
les officiers de justice, et de n'avoir en perspective qu'une
vieillesse affreuse, un hôpital, et un fumier, vous concluriez
95 que je suis une des plus malheureuses créatures du monde. »

Paquette ouvrait ainsi son cœur au bon Candide, dans un
cabinet, en présence de Martin, qui disait à Candide : « Vous
voyez que j'ai déjà gagné la moitié de la gageure. »

Frère Giroflée était resté dans la salle à manger, et buvait
100 un coup en attendant le dîner. « Mais, dit Candide à Pa-
quette, vous aviez l'air si gai, si content, quand je vous ai
rencontrée; vous chantiez, vous caressiez le théatin avec
une complaisance naturelle; vous m'avez paru aussi heureuse
que vous prétendez être infortunée. — Ah! monsieur, ré-
105 pondit Paquette, c'est encore là une des misères du métier.
J'ai été hier volée et battue par un officier, et il faut aujour-
d'hui que je paraisse de bonne humeur pour plaire à un
moine. »

Candide n'en voulut pas davantage; il avoua que Martin
110 avait raison. On se mit à table avec Paquette et le théatin;
le repas fut assez amusant, et sur la fin on se parla avec con-
fiance. « Mon père, dit Candide au moine, vous me paraissez
jouir d'une destinée que tout le monde doit envier; la fleur
de la santé brille sur votre visage, votre physionomie annonce
115 le bonheur; vous avez une très jolie fille pour votre récréa-
tion, et vous paraissez très content de votre état de théatin.

— Ma foi, monsieur, dit frère Giroflée, je voudrais que
tous les théatins fussent au fond de la mer. J'ai été tenté cent
fois de mettre le feu au couvent, et d'aller me faire turc.
120 Mes parents me forcèrent, à l'âge de quinze ans, d'endosser
cette détestable robe, pour laisser plus de fortune à un mau-
dit frère aîné que Dieu confonde! La jalousie, la discorde,
la rage, habitent dans le couvent. Il est vrai que j'ai prêché
quelques mauvais sermons qui m'ont valu un peu d'argent
125 dont le prieur me vole la moitié : le reste me sert à entre-
tenir des filles; mais quand je rentre le soir dans le monas-
tère, je suis prêt de me casser la tête contre les murs du
dortoir ; et tous mes confrères sont dans le même cas. »

Martin se tournant vers Candide avec son sang-froid
130 ordinaire : « Eh bien! lui dit-il, n'ai-je pas gagné la gageure
tout entière? » Candide donna deux mille piastres à Paquette
et mille piastres à frère Giroflée. « Je vous réponds, dit-il,
qu'avec cela ils seront heureux. — Je n'en crois rien du tout,
dit Martin; vous les rendrez peut-être avec ces piastres
135 beaucoup plus malheureux encore. — Il en sera ce qui pourra,
dit Candide; mais une chose me console, je vois qu'on re-
trouve souvent les gens qu'on ne croyait jamais retrouver :
il se pourra bien faire qu'ayant rencontré mon mouton

rouge et Paquette, je rencontre aussi Cunégonde. — Je
140 souhaite, dit Martin, qu'elle fasse un jour votre bonheur;
mais c'est de quoi je doute fort. — Vous êtes bien dur, dit
Candide. — C'est que j'ai vécu, dit Martin.

— Mais regardez ces gondoliers, dit Candide; ne chan-
tent-ils pas sans cesse? — Vous ne les voyez pas dans leur
145 ménage, avec leurs femmes et leurs marmots d'enfants, dit
Martin. Le doge a ses chagrins, les gondoliers ont les leurs.
Il est vrai qu'à tout prendre le sort d'un gondolier est pré-
férable à celui d'un doge; mais je crois la différence si mé-
diocre que cela ne vaut pas la peine d'être examiné.

150 — On parle, dit Candide, du sénateur Pococuranté, qui
demeure dans ce beau palais sur la Brenta, et qui reçoit assez
bien les étrangers. On prétend que c'est un homme qui n'a
jamais eu de chagrin. — Je voudrais voir une espèce si
rare », dit Martin. Candide aussitôt fit demander au sei-
155 gneur Pococuranté la permission de venir le voir le len-
demain.

CHAPITRE VINGT-CINQUIÈME

Visite chez le seigneur Pococuranté,
noble vénitien

Candide et Martin allèrent en gondole sur la Brenta, et
arrivèrent au palais du noble Pococuranté. Les jardins
étaient bien entendus, et ornés de belles statues de mar-
bre; le palais, d'une belle architecture. Le maître du logis,
5 homme de soixante ans, fort riche, reçut très poliment les
deux curieux, mais avec très peu d'empressement, ce qui
déconcerta Candide et ne déplut point à Martin.

D'abord deux filles jolies et proprement mises servirent
du chocolat, qu'elles firent très bien mousser. Candide ne
10 put s'empêcher de les louer sur leur beauté, sur leur bonne
grâce, et sur leur adresse. « Ce sont d'assez bonnes créa-
tures, dit le sénateur Pococuranté; je les fais quelquefois
coucher dans mon lit : car je suis bien las des dames de la
ville, de leurs coquetteries, de leurs jalousies, de leurs que-
15 relles, de leurs humeurs, de leurs petitesses, de leur orgueil,
de leurs sottises, et des sonnets qu'il faut faire ou comman-
der pour elles; mais, après tout, ces deux filles commencent
fort à m'ennuyer. »

L'« Iliade » de La Motte (*Ph. B. N.*).

Candide, après le déjeuner, se promenant dans une lon-
20 gue galerie, fut surpris de la beauté des tableaux. Il demanda
de quel maître étaient les deux premiers. « Ils sont de Ra-
phaël, dit le sénateur ; je les achetai fort cher par vanité, il y a
quelques années; on dit que c'est ce qu'il y a de plus beau en
Italie, mais ils ne me plaisent point du tout : la couleur en
25 est très rembrunie, les figures ne sont pas assez arrondies,
et ne sortent point assez; les draperies ne ressemblent en
rien à une étoffe : en un mot, quoi qu'on en dise, je ne trouve
point là une imitation vraie de la nature. Je n'aimerai un
tableau que quand je croirai voir la nature elle-même : il
30 n'y en a point de cette espèce. J'ai beaucoup de tableaux,
mais je ne les regarde plus. »

Pococuranté, en attendant le dîner, se fit donner un con-
certo. Candide trouva la musique délicieuse. « Ce bruit,
dit Pococuranté, peut amuser une demi-heure; mais s'il
35 dure plus longtemps, il fatigue tout le monde, quoique
personne n'ose l'avouer. La musique aujourd'hui n'est plus
que l'art d'exécuter des choses difficiles, et ce qui n'est que
difficile ne plaît point à la longue.

« J'aimerais peut-être mieux l'opéra, si on n'avait pas
40 trouvé le secret d'en faire un monstre qui me révolte. Ira
voir qui voudra de mauvaises tragédies en musique, où les
scènes ne sont faites que pour amener très mal à propos deux
ou trois chansons ridicules qui font valoir le gosier d'une
actrice; se pâmera de plaisir qui voudra ou qui pourra en
45 voyant un châtré fredonner le rôle de César et de Caton,
et se promener d'un air gauche sur des planches; pour moi,
il y a longtemps que j'ai renoncé à ces pauvretés, qui font
aujourd'hui la gloire de l'Italie, et que des souverains payent
si chèrement. » Candide disputa un peu, mais avec discré-
50 tion. Martin fut entièrement de l'avis du sénateur.

On se mit à table; et, après un excellent dîner, on entra
dans la bibliothèque. Candide, en voyant un Homère magni-
fiquement relié, loua l'illustrissime sur son bon goût. « Voilà,
dit-il, un livre qui faisait les délices du grand Pangloss, le
55 meilleur philosophe de l'Allemagne. — Il ne fait pas les
miennes, dit froidement Pococuranté; on me fit accroire
autrefois que j'avais du plaisir en le lisant; mais cette répé-
tition continuelle de combats qui se ressemblent tous, ces
dieux qui agissent toujours pour ne rien faire de décisif,
60 cette Hélène qui est le sujet de la guerre, et qui à peine
est une actrice de la pièce; cette Troie qu'on assiège, et
qu'on ne prend point : tout cela me causait le plus mortel
ennui. J'ai demandé quelquefois à des savants s'ils s'ennu-
yaient autant que moi à cette lecture : tous les gens sin-
65 cères m'ont avoué que le livre leur tombait des mains,
mais qu'il fallait toujours l'avoir dans sa bibliothèque, comme

un monument de l'antiquité, et comme ces médailles rouil-
lées qui ne peuvent être de commerce.

— Votre Excellence ne pense pas ainsi de Virgile? dit
70 Candide. — Je conviens, dit Pococuranté, que le second,
le quatrième et le sixième livre de son *Enéide*, sont excel-
lents; mais pour son pieux Enée, et le fort Cloanthe, et
l'ami Achates, et le petit Ascanius, et l'imbécile roi Latinus,
et la bourgeoise Amata, et l'insipide Lavinia, je ne crois pas
75 qu'il y ait rien de si froid et de plus désagréable. J'aime
mieux le Tasse et les contes à dormir debout de l'Arioste.

— Oserais-je vous demander, monsieur, dit Candide,
si vous n'avez pas un grand plaisir à lire Horace? — Il y
a des maximes, dit Pococuranté, dont un homme du monde
80 peut faire son profit, et qui, étant resserrées dans des vers
énergiques, se gravent plus aisément dans la mémoire; mais
je me soucie fort peu de son voyage à Brindes, et de sa des-
cription d'un mauvais dîner, et de la querelle de crocheteurs
entre je ne sais quel Pupilus dont les paroles, dit-il, *étaient*
85 *pleines de pus*, et un autre dont les paroles *étaient du vinaigre*.
Je n'ai lu qu'avec un extrême dégoût ses vers grossiers con-
tre des vieilles et contre des sorcières; et je ne vois pas
quel mérite il peut y avoir à dire à son ami Mécénas, que,
s'il est mis par lui au rang des poètes lyriques, il frappera
90 les astres de son front sublime. Les sots admirent tout dans
un auteur estimé. Je ne lis que pour moi; je n'aime que ce
qui est à mon usage. » Candide, qui avait été élevé à ne ja-
mais juger de rien par lui-même, était fort étonné de ce
qu'il entendait; et Martin trouvait la façon de penser de
95 Pococuranté assez raisonnable.

« Oh! voici un Cicéron, dit Candide; pour ce grand
homme-là, je pense que vous ne vous lassez point de le
lire? — Je ne le lis jamais, répondit le Vénitien. Que m'im-
porte qu'il ait plaidé pour Rabirius ou pour Cluentius?
100 J'ai bien assez des procès que je juge; je me serais mieux
accommodé de ses œuvres philosophiques; mais quand j'ai
vu qu'il doutait de tout, j'ai conclu que j'en savais autant
que lui, et que je n'avais besoin de personne pour être
ignorant.
105 — Ah! voilà quatre-vingts volumes de recueils d'une
académie des sciences, s'écria Martin; il se peut qu'il y ait
là du bon. — Il y en aurait, dit Pococuranté, si un seul des
auteurs de ces fatras avait inventé seulement l'art de faire
des épingles; mais il n'y a dans tous ces livres que de vains
110 systèmes, et pas une seule chose utile.

— Que de pièces de théâtre je vois là, dit Candide, en
italien, en espagnol, en français! — Oui, dit le sénateur,
il y en a trois mille, et pas trois douzaines de bonnes. Pour
ces recueils de sermons, qui tous ensemble ne valent pas

Discorde et Concorde, par C.N. Cochin (*Ph. B.N.*)

LA CONCORDE ; *Ripa lui donne plusieurs Emblèmes, mais celui qui parle le plus visiblem! est le faisceau de Baguettes que leur union empéche de rompre ; elle est couronnée de grenades. On y a joint deux jeunes arbres dont les tiges se sont réunies ensemble, et en bas un Chat couché entre les pattes d'un Chien.*
La Contrariété ; *Femme laide, louche et les cheveux en désordre. Elle est vetuë d'un côté de blanc et de l'autre de noir: elle tient d'une main un rechaud plein de feu et de l'autre un vase ou il y a de l'eau. On y a ajouté à ses pieds un Arbuste qui contrarié par un rocher est obligé de se courber pour s'élever, et un Ruisseau interrompu dans son cours.*
La Discorde. *ses attributs ordinaires sont la teste semblable à celle de Méduse et des Serpens dans ses mains.*

115 une page de Sénèque, et tous ces gros volumes de théologie, vous pensez bien que je ne les ouvre jamais, ni moi, ni personne. »

Martin aperçut des rayons chargés de livres anglais. « Je crois, dit-il, qu'un républicain doit se plaire à la plupart de
120 ces ouvrages écrits si librement. — Oui, répondit Pococuranté; il est beau d'écrire ce qu'on pense : c'est le privilège de l'homme. Dans toute notre Italie, on n'écrit que ce qu'on ne pense pas; ceux qui habitent la patrie des Césars et des Antonins n'osent avoir une idée sans la permission
125 d'un jacobin. Je serais content de la liberté qui inspire les génies anglais si la passion et l'esprit de parti ne corrompaient pas tout ce que cette précieuse liberté a d'estimable. »

Candide, apercevant un Milton, lui demanda s'il ne regardait pas cet auteur comme un grand homme. « Qui?
130 dit Pococuranté, ce barbare qui fait un long commentaire du premier chapitre de la *Genèse* en dix livres de vers durs? ce grossier imitateur des Grecs, qui défigure la création, et qui, tandis que Moïse représente l'Etre éternel produisant le monde par la parole, fait prendre un grand compas par
135 le Messiah dans une armoire du ciel pour tracer son ouvrage? Moi, j'estimerais celui qui a gâté l'enfer et le diable du Tasse; qui déguise Lucifer tantôt en crapaud, tantôt en pygmée; qui lui fait rebattre cent fois les mêmes discours; qui le fait disputer sur la théologie; qui, en imitant sérieusement
140 l'invention comique des armes à feu de l'Arioste, fait tirer le canon dans le ciel par les diables? Ni moi, ni personne en Italie n'a pu se plaire à toutes ces tristes extravagances. Le mariage du péché et de la mort, et les couleuvres dont le péché accouche, font vomir tout homme qui a le goût
145 un peu délicat; et sa longue description d'un hôpital n'est bonne que pour un fossoyeur. Ce poème obscur, bizarre et dégoûtant, fut méprisé à sa naissance; je le traite aujourd'hui comme il fut traité dans sa patrie par les contemporains. Au reste, je dis ce que je pense, et je me soucie fort
150 peu que les autres pensent comme moi. » Candide était affligé de ces discours; il respectait Homère, il aimait un peu Milton. « Hélas! dit-il tout bas à Martin, j'ai bien peur que cet homme-ci n'ait un souverain mépris pour nos poètes allemands. — Il n'y aurait pas grand mal à cela, dit Martin. —
155 Oh! quel homme supérieur! disait encore Candide entre ses dents, quel grand génie que ce Pococuranté! rien ne peut lui plaire. »

Après avoir fait ainsi la revue de tous les livres, ils descendirent dans le jardin. Candide en loua toutes les beautés.
160 « Je ne sais rien de si mauvais goût, dit le maître : nous n'avons ici que des colifichets, mais je vais dès demain en faire planter un d'un dessin plus noble. »

Quand les deux curieux eurent pris congé de Son Excel-
lence : « Or ça, dit Candide à Martin, vous conviendrez
165 que voilà le plus heureux de tous les hommes, car il est
au-dessus de tout ce qu'il possède. — Ne voyez-vous pas,
dit Martin, qu'il est dégoûté de tout ce qu'il possède? Platon
a dit, il y a longtemps, que les meilleurs estomacs ne sont
pas ceux qui rebutent tous les aliments. — Mais, dit Candide,
170 n'y a-t-il pas du plaisir à tout critiquer, à sentir des défauts
où les autres hommes croient voir des beautés? — C'est-
à-dire, reprit Martin, qu'il y a du plaisir à n'avoir pas de plai-
sir? — Oh bien! dit Candide, il n'y a donc d'heureux que
moi, quand je reverrai mademoiselle Cunégonde. — C'est
175 toujours bien fait d'espérer », dit Martin.

Cependant les jours, les semaines s'écoulaient; Cacambo
ne revenait point, et Candide était si abîmé dans sa douleur
qu'il ne fit pas même réflexion que Paquette et frère Giro-
flée n'étaient pas venus seulement le remercier.

CHAPITRE VINGT-SIXIÈME

D'un souper que Candide et Martin
firent avec six étrangers,
et qui ils étaient

Un soir que Candide, suivi de Martin, allait se mettre à
table avec les étrangers qui logeaient dans la même hôtelle-
rie, un homme à visage couleur de suie l'aborda par derrière,
et, le prenant par le bras, lui dit : « Soyez prêt à partir avec
5 nous, n'y manquez pas. » Il se retourne, et voit Cacambo.
Il n'y avait que la vue de Cunégonde qui pût l'étonner et
lui plaire davantage. Il fut sur le point de devenir fou de
joie. Il embrasse son cher ami. « Cunégonde est ici, sans
doute? Où est-elle? Mène-moi vers elle, que je meure de
10 joie avec elle. — Cunégonde n'est point ici, dit Cacambo,
elle est à Constantinople. — Ah ciel! à Constantinople!
mais fût-elle à la Chine, j'y vole, partons. — Nous partirons
après souper, reprit Cacambo; je ne peux vous en dire da-
vantage; je suis esclave, mon maître m'attend; il faut que
15 j'aille le servir à table : ne dites mot; soupez, et tenez-vous
prêt. »

Candide, partagé entre la joie et la douleur, charmé d'a-
voir revu son agent fidèle, étonné de le voir esclave, plein
de l'idée de retrouver sa maîtresse, le cœur agité, l'esprit
20 bouleversé, se mit à table avec Martin, qui voyait de sang-
froid toutes ces aventures, et avec six étrangers qui étaient
venus passer le carnaval à Venise.

18 : *agent* (n.m.) : homme de confiance, auxiliaire.
18 : *fidèle* (adj.) : dévoué, loyal.

20 : *de sang-froid* (loc. adv.): calmement.
22 : *carnaval* (n.m.) : temps destiné aux divertissements depuis le jour des Rois jusqu'au carême. Peut signifier les divertissements eux-mêmes. Le Carna-val de Venise est célèbre.

Cacambo, qui versait à boire à l'un de ces étrangers,
s'approcha de l'oreille de son maître, sur la fin du repas,
25 et lui dit : « Sire, Votre Majesté partira quand elle voudra,
le vaisseau est prêt. » Ayant dit ces mots, il sortit. Les con-
vives, étonnés, se regardaient sans proférer une seule pa-
role, lorsqu'un autre domestique, s'approchant de son maî-
tre, lui dit : « Sire, la chaise de Votre Majesté est à Padoue,
30 et la barque est prête. » Le maître fit un signe et le domes-
tique partit. Tous les convives se regardèrent encore, et
la surprise commune redoubla. Un troisième valet, s'appro-
chant aussi d'un troisième étranger, lui dit : « Sire, cro-
yez-moi, Votre Majesté ne doit pas rester ici plus longtemps :
35 je vais tout préparer » ; et aussitôt il disparut.

27 : proférer (v.t.) : prononcer, arti-culer.

Candide et Martin ne doutèrent pas alors que ce ne fût
une mascarade du carnaval. Un quatrième domestique dit
au quatrième maître : « Votre Majesté partira quand elle
voudra », et sortit comme les autres. Le cinquième valet
40 en dit autant au cinquième maître. Mais le sixième valet
parla différemment au sixième étranger, qui était auprès
de Candide ; il lui dit : « Ma foi, sire, on ne veut plus faire
crédit à Votre Majesté ni à moi non plus, et nous pourrions
bien être coffrés cette nuit, vous et moi ; je vais pourvoir
45 à mes affaires, adieu. »

37 : mascarade (n.f.) : déguisement avec des masques.

43 : faire crédit : ici, confiance que l'on inspire.
44 : coffrer (v.t.) : populaire : mettre en prison.
44 : pourvoir (à mes affaires) (v.t.) : fournir ce qui est nécessaire. Ici, travailler.

Tous les domestiques ayant disparu, les six étrangers,
Candide et Martin, demeurèrent dans un profond silence.
Enfin Candide le rompit : « Messieurs, dit-il, voilà une sin-
gulière plaisanterie. Pourquoi êtes-vous tous rois ? Pour
50 moi, je vous avoue que ni moi ni Martin nous ne le sommes. »

49 : plaisanterie (n.f.) : chose dite ou faite pour amuser.

Le maître de Cacambo prit alors gravement la parole, et
dit en italien : « Je ne suis point plaisant, je m'appelle Ach-
met III ; j'ai été grand sultan plusieurs années ; je détrônai
mon frère ; mon neveu m'a détrôné ; on a coupé le cou à
55 mes vizirs ; j'achève ma vie dans le vieux sérail ; mon neveu
le grand sultan Mahmoud me permet de voyager quelque-
fois pour ma santé ; et je suis venu passer le carnaval à Ve-
nise. »

52 : plaisant (e) (adj.) : qui divertit, qui fait rire.
53 : sultan (n.m.) : titre de certains princes musulmans.
54 : détrôner (v.t.) : chasser du trône.
55 : vizir (n.m.) : ministre d'un prince musulman.
55 : sérail (n.m.) : palais des princes mahométans.

Un jeune homme qui était auprès d'Achmet parla après
60 lui, et dit : « Je m'appelle Ivan ; j'ai été empereur de toutes
les Russies ; j'ai été détrôné au berceau ; mon père et ma
mère ont été enfermés ; on m'a élevé en prison ; j'ai quel-
quefois la permission de voyager, accompagné de ceux
qui me gardent ; et je suis venu passer le carnaval à Venise. »

60 : empereur (n.m.) : chef, souverain d'un empire.
61 : berceau (n.m.) : lit d'un tout jeune enfant.

65 Le troisième dit : « Je suis Charles-Edouard, roi d'An-
gleterre ; mon père m'a cédé ses droits au royaume ; j'ai
combattu pour les soutenir ; on a arraché le cœur à huit
cents de mes partisans, et on leur en a battu les joues ;
j'ai été mis en prison ; je vais à Rome faire une visite au

68 : partisan(e) (n.) : homme attaché au parti de quelqu'un, ou à un système, à un régime, etc.

───────── **LES ROIS A VENISE** ─────────

17

● LE CADRE

Venise est tout le contraire de Paris : traditions de liberté, situation excentrique et protégée, atmosphère de plaisir léthargique, c'est un pays d'exil, un pays de carnaval. *« Près de ces eaux mortes, les hommes ... viennent mimer, au lieu de l'assumer, la condition de l'homme, comme d'incertains fantômes qui ont perdu leur raison d'être, comme ces pitoyables rois en exil »* **(Van den Heuvel).**
Voltaire connaît Venise par **Amelot de la Houssaye** (*Le gouvernement de Venise,* 1705) et son correspondant Algarotti.

● LES DONNÉES HISTORIQUES

Les six personnages existent, mais la rencontre est invraisemblable.

✦ *Achmet III,* destitué en 1730, a laissé le trône à son neveu Mahmoud. Mais il est mort en 1736 et le souper ne peut avoir lieu avant 1757.

✦ *Ivan,* né en 1740, détrôné à l'âge de un an par Elizabeth, sera assassiné en 1764.

✦ *Charles-Edouard,* « le Prétendant », petit-fils de *Jacques II Stuart,* ne régna jamais. Il avait tenté, en vain, de reconquérir son royaume et Voltaire avait publié un « manifeste » en sa faveur. En 1748, Louis XV l'avait fait arrêter selon les clauses du traité d'Aix-la-Chapelle, ce qui avait indigné le philosophe.

✦ *Auguste III,* électeur de Saxe, après l'invasion de ses états héréditaires par Frédéric II en 1756, s'était réfugié en Pologne, dont il était roi élu.

✦ *Stanislas Leczinski,* roi de Pologne, chassé à deux reprises, après la bataille de Poltava, puis en 1735, avait été installé en Lorraine par son gendre Louis XV, et s'y montrait un souverain bienfaisant.

✦ *Théodore,* roi de Corse, détrôné, emprisonné à Londres pendant sept ans (1749-1756) est mort en 1756. Comme Achmet, il ne peut se trouver à Venise.

● L'ARTIFICE DU SOUPER

Cette forme d'apologue* connue dès l'antiquité (*Banquet* de **Platon,** *Banquet des sept sages* de **Plutarque**), avait été déjà utilisée dans le chapitre XII de *Zadig* : c'est un procédé commode pour faire défiler une série de personnages ou de points de vue. Noter ici le refrain funèbre.*
Lorsque Stanislas se fit lire *Candide,* « à l'endroit où l'on rassemble tant de princes à Venise ... il trouva que l'auteur eût mieux fait d'amener tous ces princes à Lunéville, où ils auraient été mieux reçus ».

Luchet

● **100**

70 roi mon père, détrôné ainsi que moi et mon grand-père ;
et je suis venu passer le carnaval à Venise. »

Le quatrième prit alors la parole et dit : « Je suis roi des
Polaques ; le sort de la guerre m'a privé de mes Etats héré-
ditaires ; mon père a éprouvé les mêmes revers ; je me rési-
75 gne à la Providence comme le sultan Achmet, l'empereur
Ivan, et le roi Charles-Edouard, à qui Dieu donne une lon-
gue vie ; et je suis venu passer le carnaval à Venise. »

Le cinquième dit : « Je suis aussi roi des Polaques ; j'ai
perdu mon royaume deux fois ; mais la Providence m'a donné

74 : *revers* (n.m.) : événement malheu-
reux qui transforme une situation.

80 un autre Etat dans lequel j'ai fait plus de bien que tous les
rois des Sarmates ensemble n'en ont jamais pu faire sur les
bords de la Vistule. Je me résigne aussi à la Providence;
et je suis venu passer le carnaval à Venise. »

Il restait au sixième monarque à parler. « Messieurs,
85 dit-il, je ne suis pas si grand seigneur que vous; mais enfin
j'ai été roi tout comme un autre; je suis Théodore; on m'a
élu roi en Corse; on m'a appelé *Votre Majesté*, et à présent
à peine m'appelle-t-on *Monsieur*; j'ai fait frapper de la mon-
naie, et je ne possède pas un denier; j'ai eu deux secrétaires
90 d'Etat, et j'ai à peine un valet; je me suis vu sur un trône,
et j'ai longtemps été à Londres, en prison sur la paille; j'ai
bien peur d'être traité de même ici, quoique je sois venu,
comme Vos Majestés, passer le carnaval à Venise. »

Les cinq autres rois écoutèrent ce discours avec une noble
95 compassion. Chacun d'eux donna vingt sequins au roi Théo-
dore pour avoir des habits et des chemises; Candide lui fit
présent d'un diamant de deux mille sequins. « Quel est donc,
disaient les cinq rois, ce simple particulier qui est en état
de donner cent fois autant que chacun de nous, et qui le
100 donne? »

Dans l'instant qu'on sortait de table, il arriva dans la même
hôtellerie quatre altesses sérénissimes qui avaient aussi
perdu leurs Etats par le sort de la guerre, et qui venaient
passer le reste du carnaval à Venise. Mais Candide ne prit
105 pas seulement garde à ces nouveaux venus. Il n'était occupé
que d'aller trouver sa chère Cunégonde à Constantinople.

82 : *se résigner* (v.pr.) : se soumettre sans protestation, accepter.

88 : *frapper (de la monnaie)* : donner une empreinte à, fabriquer des pièces.

89 : *denier* (n.m.) : ancienne monnaie française, douzième partie d'un sou. Expression : ne posséder un seul denier.

95 : *sequin* (n.m.) : monnaie d'or de valeur variable.

CHAPITRE VINGT-SEPTIÈME

Voyage de Candide à Constantinople

Le fidèle Cacambo avait déjà obtenu du patron turc qui
allait reconduire le sultan Achmet à Constantinople qu'il
recevrait Candide et Martin sur son bord. L'un et l'autre s'y
rendirent après s'être prosternés devant Sa misérable Hau-
5 tesse. Candide, chemin faisant, disait à Martin : « Voilà
pourtant six rois détrônés avec qui nous avons soupé! et
encore dans ces six rois il y en a un à qui j'ai fait l'aumône.
Peut-être y a-t-il beaucoup d'autres princes plus infortunés.
Pour moi, je n'ai perdu que cent moutons, et je vole dans
10 les bras de Cunégonde. Mon cher Martin, encore une fois,
Pangloss avait raison, tout est bien. — Je le souhaite, dit
Martin. — Mais, dit Candide, voilà une aventure bien peu
vraisemblable que nous avons eue à Venise. On n'avait ja-
mais vu ni ouï conter que six rois détrônés soupassent

15 ensemble au cabaret. — Cela n'est pas plus extraordinaire,
dit Martin, que la plupart des choses qui nous sont arrivées.
Il est très commun que des rois soient détrônés; et à l'é-
gard de l'honneur que nous avons eu de souper avec eux,
c'est une bagatelle qui ne mérite pas notre attention. »
20 A peine Candide fut-il dans le vaisseau qu'il sauta au cou de
son ancien valet, de son ami Cacambo. « Eh bien! lui dit-il,
que fait Cunégonde? Est-elle toujours un prodige de beauté?
M'aime-t-elle toujours? Comment se porte-t-elle? Tu lui
as sans doute acheté un palais à Constantinople?

25 — Mon cher maître, répondit Cacambo, Cunégonde lave
les écuelles sur le bord de la Propontide, chez un prince
qui a très peu d'écuelles; elle est esclave dans la maison d'un
ancien souverain, nommé Ragotski, à qui le Grand Turc
donne trois écus par jour dans son asile; mais, ce qui est
30 bien plus triste, c'est qu'elle a perdu sa beauté, et qu'elle
est devenue horriblement laide. — Ah! belle ou laide, dit
Candide, je suis honnête homme, et mon devoir est de l'ai-
mer toujours. Mais comment peut-elle être réduite à un
état si abject avec les cinq ou six millions que tu avais appor-
35 tés? — Bon, dit Cacambo, ne m'en a-t-il pas fallu donner
deux millions au señor don Fernando d'Ibaraa, y Figueora,
y Mascarenes, y Lampourdos, y Souza, gouverneur de Buenos-
Ayres, pour avoir la permission de reprendre mademoi-
selle Cunégonde? Et un pirate ne nous a-t-il pas bravement
40 dépouillés de tout le reste? Ce pirate ne nous a-t-il pas menés
au cap de Matapan, à Milo, à Nicarie, à Samos, à Pétra, aux
Dardanelles, à Marmora, à Scutari? Cunégonde et la vieille
servent chez ce prince dont je vous ai parlé, et moi, je suis
esclave du sultan détrôné. — Que d'épouvantables cala-
45 mités enchaînées les unes aux autres! dit Candide. Mais,
après tout, j'ai encore quelques diamants; je délivrerai
aisément Cunégonde. C'est bien dommage qu'elle soit de-
venue si laide. »
Ensuite, se tournant vers Martin : « Que pensez-vous
50 dit-il, qui soit le plus à plaindre, de l'empereur Achmet,
de l'empereur Ivan, du roi Charles-Edouard, ou de moi?
— Je n'en sais rien, dit Martin; il faudrait que je fusse dans
vos cœurs pour le savoir. — Ah! dit Candide, si Pangloss
était ici, il le saurait, et nous l'apprendrait. — Je ne sais,
55 dit Martin, avec quelles balances votre Pangloss aurait pu
peser les infortunes des hommes, et apprécier leurs dou-
leurs. Tout ce que je présume, c'est qu'il y a des millions
d'hommes sur la terre cent fois plus à plaindre que le roi
Charles-Edouard, l'empereur Ivan, et le sultan Achmet. —
60 Cela pourrait bien être, dit Candide. »

*Cacambo explique que Cuné-
gonde lave des écuelles au
bord de la Propontide et
qu'elle est devenue horri-
blement laide. Candide décide
d'aller la chercher. Mais,
dans la galère, sur la Mer
Noire, deux forcats rament :
Pangloss et le baron ! Recon-
naissance émouvante. Le baron
a guéri du coup d'épée reçu
au Paraguay, Pangloss a été
mal pendu ; il est d'ailleurs
toujours aussi optimiste. Sur
le rivage de Propontide,
ils retrouvent enfin Cunégonde
et la vieille. Candide les
rachète. On renvoie aux galères
le baron qui s'opposait tou-
jours au mariage, Candide
épouse Cunégonde, achète une
petite métairie sur les bords
de la Propontide, et y installe
tout son monde.*

On arriva en peu de jours sur le canal de la mer Noire.
Candide commença par racheter Cacambo fort cher; et,
sans perdre de temps, il se jeta dans une galère, avec ses
compagnons, pour aller sur le rivage de la Propontide cher-
65 cher Cunégonde, quelque laide qu'elle pût être.

Il y avait dans la chiourme deux forçats qui ramaient fort
mal, et à qui le lévanti patron appliquait de temps en temps
quelques coups de nerf de bœuf sur leurs épaules nues;
Candide, par un mouvement naturel, les regarda plus atten-
70 tivement que les autres galériens, et s'approcha d'eux avec
pitié. Quelques traits de leurs visages défigurés lui parurent
avoir un peu de ressemblance avec Pangloss et avec ce malheu-
reux jésuite, ce baron, ce frère de mademoiselle Cunégonde.
Cette idée l'émut et l'attrista. Il les considéra encore plus
75 attentivement. « En vérité, dit-il à Cacambo, si je n'avais
pas vu pendre maître Pangloss, et si je n'avais pas eu le
le malheur de tuer le baron, je croirais que ce sont eux qui
rament dans cette galère ».

Au nom du baron et de Pangloss les deux forçats poussè-
80 rent un grand cri, s'arrêtèrent sur leur banc, et laissèrent
tomber leurs rames. Le lévanti patron accourait sur eux, et
les coups de nerf de bœuf redoublaient. « Arrêtez! arrêtez!
seigneur, s'écria Candide; je vous donnerai tant d'argent
que vous voudrez. — Quoi! c'est Candide! disait l'un des
85 forçats. — Quoi! c'est Candide! disait l'autre. — Est-ce
un songe? dit Candide; veillé-je? suis-je dans cette galère?
Est-ce là monsieur le baron, que j'ai tué? Est-ce maître Pan-
gloss, que j'ai vu pendre? — C'est nous-mêmes, c'est nous-
mêmes, répondaient-ils. — Quoi! c'est là ce grand philo-
90 sophe? disait Martin. — Eh! monsieur le lévanti patron,
dit Candide, combien voulez-vous d'argent pour la rançon
de monsieur de Thunder-ten-tronckh, un des premiers ba-
rons de l'empire, et de monsieur Pangloss, le plus profond
métaphysicien d'Allemagne? — Chien de chrétien, répondit
95 le lévanti patron, puisque ces deux chiens de forçats chré-
tiens sont des barons et des métaphysiciens, ce qui est sans
doute une grande dignité dans leur pays, tu m'en donneras
cinquante mille sequins. — Vous les aurez, monsieur; rame-
nez-moi comme un un éclair à Constantinople, et vous serez
100 payé sur-le-champ. Mais non, menez-moi chez mademoiselle
Cunégonde. » Le lévanti patron, sur la première offre de
Candide, avait déjà tourné la proue vers la ville, et il faisait
ramer plus vite qu'un oiseau ne fend les airs.

Candide embrassa cent fois le baron et Pangloss. « Et
105 comment ne vous ai-je pas tué, mon cher baron? et mon
cher Pangloss, comment êtes-vous en vie après avoir été
pendu? et pourquoi êtes-vous tous deux aux galères en
Turquie? — Est-il bien vrai que ma chère sœur soit dans ce

« Candide... recula trois pas, saisi d'horreur, et avança ensuite par bon procédé » *(Ph. B. N.)*. ▲

pays? disait le baron. — Oui, répondait Cacambo. — Je revois
110 donc mon cher Candide », s'écriait Pangloss. Candide leur
présentait Martin et Cacambo. Ils s'embrassaient tous;
ils parlaient tous à la fois. La galère volait, ils étaient déjà
dans le port. On fit venir un juif, à qui Candide vendit pour
cinquante mille sequins un diamant de la valeur de cent
115 mille, et qui lui jura par Abraham qu'il n'en pouvait donner
davantage. Il paya incontinent la rançon du baron et de Pan-
gloss. Celui-ci se jeta aux pieds de son libérateur, et les
baigna de larmes; l'autre le remercia par un signe de tête,
et lui promit de lui rendre cet argent à la première occasion.
120 « Mais est-il bien possible que ma sœur soit en Turquie?
disait-il. — Rien n'est si possible, reprit Cacambo, puis-
qu'elle écure la vaisselle chez un prince de Transylvanie. »
On fit aussitôt venir deux juifs : Candide vendit encore des
diamants; et ils repartirent tous dans une autre galère pour
125 aller délivrer Cunégonde.

« C'est un lieu commun de
dire qu'il n'y a pas de psy-
chologie dans **Voltaire**. On
a raison si par psychologie
on entend l'invention de
Racine ou de **Marivaux**.
Voltaire, comme **Lesage**,
est moraliste plus que psy-
chologue. Il utilise la psycho-
logie pour construire les
bonshommes composés de
sentiments moyens ou pos-
sédés de manies intenses
dont ses thèses ont besoin ».

Lanson

CHAPITRE VINGT-HUITIÈME

Ce qui arriva à Candide, à Cunégonde,
à Pangloss, à Martin, etc.

« Pardon, encore une fois, dit Candide au baron ; pardon,
mon révérend père, de vous avoir donné un grand coup
d'épée au travers du corps. — N'en parlons plus, dit le
baron ; je fus un peu trop vif, je l'avoue ; mais puisque vous
5 voulez savoir par quel hasard vous m'avez vu aux galères,
je vous dirai qu'après avoir été guéri de ma blessure par le
frère apothicaire du collège, je fus attaqué et enlevé par un
parti espagnol ; on me mit en prison à Buenos-Ayres dans le
temps que ma sœur venait d'en partir. Je demandai à retour-
10 ner à Rome auprès du père général. Je fus nommé pour aller
servir d'aumônier à Constantinople auprès de monsieur
l'ambassadeur de France. Il n'y avait pas huit jours que j'étais
entré en fonction, quand je trouvai sur le soir un jeune ico-
glan très bien fait. Il faisait fort chaud : le jeune homme
15 voulut se baigner ; je pris cette occasion de me baigner aussi.
Je ne savais pas que ce fût un crime capital pour un chrétien
d'être trouvé tout nu avec un jeune musulman. Un cadi me
fit donner cent coups de bâton sous la plante des pieds, et
me condamna aux galères. Je ne crois pas qu'on ait fait une
20 plus horrible injustice. Mais je voudrais bien savoir pourquoi
ma sœur est dans la cuisine d'un souverain de Transylvanie
réfugié chez les Turcs.
— Mais vous, mon cher Pangloss, dit Candide, comment
se peut-il que je vous revoie ? — Il est vrai, dit Pangloss,
25 que vous m'avez vu pendre ; je devais naturellement être
brûlé : mais vous vous souvenez qu'il plut à verse lors-
qu'on allait me cuire : l'orage fut si violent qu'on désespéra
d'allumer le feu ; je fus pendu, parce qu'on ne put mieux
faire : un chirurgien acheta mon corps, m'emporta chez
30 lui, et me disséqua. Il me fit d'abord une incision cruciale
depuis le nombril jusqu'à la clavicule. On ne pouvait pas
avoir été plus mal pendu que je l'avais été. L'exécuteur des
hautes œuvres de la sainte Inquisition, lequel était sous-
diacre, brûlait à la vérité les gens à merveille, mais il n'était
35 pas accoutumé à pendre : la corde était mouillée et glissa
mal, elle fut nouée ; enfin je respirais encore : l'incision
cruciale me fit jeter un si grand cri que mon chirurgien tomba
à la renverse ; et, croyant qu'il disséquait le diable, il s'enfuit
en mourant de peur, et tomba encore sur l'escalier en fuyant.
40 Sa femme accourut au bruit, d'un cabinet voisin : elle me
vit sur la table étendu avec mon incision cruciale ; elle eut
encore plus de peur que son mari, s'enfuit, et tomba sur lui.

Quand ils furent un peu revenus à eux, j'entendis la chirur-
gienne qui disait au chirurgien : « Mon bon, de quoi vous
45 avisez-vous de disséquer un hérétique? Ne savez-vous pas
que le diable est toujours dans le corps de ces gens-là? Je
vais vite chercher un prêtre pour l'exorciser. » Je frémis à
ce propos, et je ramassai le peu de forces qui me restaient
pour crier : « Ayez pitié de moi! » Enfin le barbier portu-
50 gais s'enhardit : il recousut ma peau; sa femme même eut
soin de moi; je fus sur pied au bout de quinze jours. Le bar-
bier me trouva une condition, et me fit laquais d'un cheva-
lier de Malte qui allait à Venise; mais mon maître n'ayant
pas de quoi me payer, je me mis au service d'un marchand
55 vénitien, et je le suivis à Constantinople.

« Un jour il me prit fantaisie d'entrer dans une mosquée;
il n'y avait qu'un vieux iman et une jeune dévote très jolie
qui disait ses patenôtres; sa gorge était toute découverte :
elle avait entre ses deux tétons un beau bouquet de tulipes,
60 de roses, d'anémones, de renoncules, d'hyacinthes, et d'oreil-
les d'ours; elle laissa tomber son bouquet; je le ramassai
et je le lui remis avec un empressement très respectueux.
Je fus si longtemps à le lui remettre que l'iman se mit en
colère, et, voyant que j'étais chrétien, il cria à l'aide. On me
65 mena chez le cadi, qui me fit donner cent coups de latte sur
la plante des pieds, et m'envoya aux galères. Je fus enchaîné
précisément dans la même galère et au même banc que mon-
sieur le baron. Il y avait dans cette galère quatre jeunes gens
de Marseille, cinq prêtres napolitains, et deux moines de
70 Corfou, qui nous dirent que de pareilles aventures arrivaient
tous les jours. Monsieur le baron prétendait qu'il avait
essuyé une plus grande injustice que moi; je prétendais,
moi, qu'il était beaucoup plus permis de remettre un bou-
quet sur la gorge d'une femme que d'être tout nu avec un
75 icoglan. Nous disputions sans cesse, et nous recevions vingt
coups de nerf de bœuf par jour, lorsque l'enchaînement
des événements de cet univers vous a conduit dans notre
galère, et que vous nous avez rachetés.

— Eh bien! mon cher Pangloss, lui dit Candide, quand
80 vous avez été pendu, disséqué, roué de coups, et que vous
avez ramé aux galères, avez-vous toujours pensé que tout
allait le mieux du monde? — Je suis toujours de mon pre-
mier sentiment, répondit Pangloss; car enfin je suis philo-
sophe : il ne me convient pas de me dédire, Leibnitz ne
85 pouvant pas avoir tort, et l'harmonie préétablie étant d'ail-
leurs la plus belle chose du monde, aussi bien que le plein et
la matière subtile. »

CHAPITRE VINGT-NEUVIÈME

Comment Candide retrouva Cunégonde et la vieille

Pendant que Candide, le baron, Pangloss, Martin, et Ca-
cambo, contaient leurs aventures, qu'ils raisonnaient sur
les événements contingents ou non contingents de cet uni-
vers, qu'ils disputaient sur les effets et les causes, sur le mal
5 moral et sur le mal physique, sur la liberté et la nécessité,
sur les consolations que l'on peut éprouver lorsqu'on est
aux galères en Turquie, ils abordèrent sur le rivage de la
Propontide, à la maison du prince de Transylvanie. Les pre-
miers objets qui se présentèrent furent Cunégonde et la
10 vieille, qui étendaient des serviettes sur des ficelles pour
les faire sécher.

Le baron pâlit à cette vue. Le tendre amant Candide, en
voyant sa belle Cunégonde rembrunie, les yeux éraillés, la
gorge sèche, les joues ridées, les bras rouges et écaillés,
15 recula trois pas, saisi d'horreur, et avança ensuite par bon
procédé. Elle embrassa Candide et son frère; on embrassa
la vieille : Candide les racheta toutes deux.

Il y avait une petite métairie dans le voisinage; la vieille
proposa à Candide de s'en accommoder, en attendant que
20 toute la troupe eût une meilleure destinée. Cunégonde ne
savait pas qu'elle était enlaidie; personne ne l'en avait aver-
tie : elle fit souvenir Candide de ses promesses avec un ton
si absolu que le bon Candide n'osa pas la refuser. Il signifia
donc au baron qu'il allait se marier avec sa sœur. « Je ne
25 souffrirai jamais, dit le baron, une telle bassesse de sa part,
et une telle insolence de la vôtre; cette infamie ne me sera
jamais reprochée : les enfants de ma sœur ne pourraient
entrer dans les chapitres d Allemagne. Non, jamais ma sœur
n'épousera qu'un baron de l'Empire. » Cunégonde se jeta
30 à ses pieds, et les baigna de larmes; il fut inflexible. « Maî-
tre fou, lui dit Candide, je t'ai réchappé des galères, j'ai
payé ta rançon, j'ai payé celle de ta sœur; elle lavait ici des
écuelles, elle est laide, j'ai la bonté d'en faire ma femme;
et tu prétends encore t'y opposer! Je te retuerais si j'en
35 croyais ma colère. — Tu peux me tuer encore, dit le baron,
mais tu n'épouseras pas ma sœur de mon vivant. »

CHAPITRE TRENTIÈME

Conclusion

Candide, dans le fond de son cœur, n'avait aucune envie d'épouser Cunégonde; mais l'impertinence extrême du baron le déterminait à conclure le mariage, et Cunégonde le pressait si vivement qu'il ne pouvait s'en dédire. Il con-
5 sulta Pangloss, Martin, et le fidèle Cacambo. Pangloss fit fit un beau mémoire par lequel il prouvait que le baron n'avait nul droit sur sa sœur, et qu'elle pouvait, selon toutes les lois de l'Empire, épouser Candide de la main gauche. Martin conclut à jeter le baron dans la mer; Cacambo décida
10 qu'il fallait le rendre au lévanti patron, et le remettre aux galères, après quoi on l'enverrait à Rome au père général par le premier vaisseau. L'avis fut trouvé fort bon; la vieille l'approuva; on n'en dit rien à sa sœur; la chose fut exécutée pour quelque argent, et on eut le plaisir d'attraper un jé-
15 suite, et de punir l'orgueil d'un baron allemand.
Il était tout naturel d'imaginer qu'après tant de désastres, Candide, marié avec sa maîtresse et vivant avec le philosophe Pangloss, le philosophe Martin, le prudent Cacambo, et la vieille, ayant d'ailleurs rapporté tant de diamants de
20 la patrie des anciens Incas, mènerait la vie du monde la plus agréable; mais il fut tant friponné par les juifs qu'il ne lui resta plus rien que sa petite métairie; sa femme, devenant tous les jours plus laide, devint acariâtre et insupportable; la vieille était infirme, et fut encore de plus mauvaise hu-
25 meur que Cunégonde. Cacambo, qui travaillait au jardin, et qui allait vendre des légumes à Constantinople, était excédé de travail, et maudissait sa destinée. Pangloss était au désespoir de ne pas briller dans quelque université d'Allemagne. Pour Martin, il était fermement persuadé qu'on
30 est également mal partout; il prenait les choses en patience. Candide, Martin et Pangloss, disputaient quelquefois de métaphysique et de morale. On voyait souvent passer sous les fenêtres de la métairie des bateaux chargés d'effendis, de bachas, de cadis, qu'on envoyait en exil à Lemnos, à Myti-
35 lène, à Erzeroum; on voyait venir d'autres cadis, d'autres bachas, d'autres effendis, qui prenaient la place des expulsés, et qui étaient expulsés à leur tour. On voyait des têtes proprement empaillées qu'on allait présenter à la Sublime-Porte. Ces spectacles faisaient redoubler les dissertations;
40 et quand on ne disputait pas, l'ennui était si excessif que la vieille osa un jour leur dire : « Je voudrais savoir lequel est le pire, ou d'être violée cent fois par des pirates nègres, d'avoir une fesse coupée, de passer par les baguettes chez les Bulgares, d'être fouetté et pendu dans un auto-da-fé,

16 : *désastre* (n.m.) : événement grave qui cause une grande ruine. Calamité, malheur.

21 : *friponner* (du nom fripon) : se laisser duper, être trompé.

22 : *métairie* (n.f.) : domaine rural exploité d'après le système du métayage. Ici, désigne les bâtiments aux-mêmes.

23 : *acariâtre* (adj.) : d'une humeur difficile ; qui aime à crier, à contrarier.

23 : *insupportable* (adj.) : qu'on ne peut supporter. Ennuyeux, assommant.

27 : *excédé (excédé de travail) :* ici, fatigué à l'excès, trop fatigué.

27 : *maudire (sa destinée)* (v.t.) : ici, exprimer son impatience, sa colère contre sa destinée.

28 : *briller* (v.i.) : ici, réussir, éblouir intellectuellement.

31 : *disputer :* ici débattre, parler vivement avec quelqu'un sur un sujet donné.

34 : *cadis, effendis, bachas :* le cadi est un juge musulman qui remplit à la fois des fonctions civiles et religieuses. Les effendis et bachas sont aussi des dignitaires musulmans.

34 : *exil* (n.m.) : fait d'expulser quelqu'un hors de sa patrie.

36 : *expulser* (v.t.) : chasser quelqu'un avec violence du lieu où il était établi.

38 : *empailler* (v.t.) : remplir de paille la peau d'un animal mort, pour lui conserver ses formes. Il s'agit ici de tête empaillée.

39 : *redoubler* (v.i.) : ici, accroître.

39 : *dissertation* (n.f.) : développement portant sur une question philosophique.

40 : *excessif (ive)* (adj.) : qui excède la mesure.

LA DÉMONSTRATION FINALE

16

● **L'ART DE VOLTAIRE**

C'est le type même du récit à thèse : tout est subordonné à la « morale » du conte.

✦ **Une mise en œuvre concrète :** deux scènes parlantes, l'une observée (*la prospérité du vieillard turc*), l'autre vécue (*les heureuses transformations de la petite société*).
La conclusion n'est donc pas imposée mais clairement suggérée.

✦ **L'Art de la caricature.** Pangloss, qui est depuis le début l'incarnation* de la thèse attaquée, est poussé à l'extrême du grotesque.* Son automatisme psychologique se traduit par une véritable incontinence* verbale. La métaphysique, l'érudition, l'enchaînement faussement logique, tout est mis au service d'idées fixes dont l'absurdité a été prouvée par les faits.

Son obstination est rendue plus éclatante par la conversion de son disciple* à la raison.

✦ **Vérité pittoresque.** La scène est localisée par des détails savoureux* (*la collation offerte par le Turc*) : mais là encore il y a une intention démonstrative. Cette hospitalité raffinée laisse croire que l'hôte est riche, or il n'a que vingt arpents ; donc il doit tout à son travail.

✦ **Art des formules.** Tantôt simples et unies, s'adressant à l'intelligence (« *travaillons sans raisonner* »), tantôt lapidaires* et mnémotechniques* (« *cultivons notre jardin* »), et souvent relevées de contrastes burlesques* (le derviche « *passait pour le meilleur philosophe de la Turquie* » — mais, « *mon révérend père* » — du café de moka « *qui n'était point mêlé avec le mauvais café de Batavia et des îles* »).

● **48**

45 d'être disséqué, de ramer en galère, d'éprouver enfin toutes
les misères par lesquelles nous avons tous passé, ou bien de
rester ici à ne rien faire? — C'est une grande question »,
dit Candide.
 Ce discours fit naître de nouvelles réflexions, et Martin
50 surtout conclut que l'homme était né pour vivre dans les
convulsions de l'inquiétude, ou dans la léthargie de l'ennui.
Candide n'en convenait pas, mais il n'assurait rien. Pangloss
avouait qu'il avait toujours horriblement souffert; mais
ayant soutenu une fois que tout allait à merveille, il le soute-
55 nait toujours, et n'en croyait rien.
 Une chose acheva de confirmer Martin dans ses détesta-
bles principes, de faire hésiter plus que jamais Candide, et
d'embarrasser Pangloss. C'est qu'ils virent un jour aborder
dans leur métairie Paquette et le frère Giroflée, qui étaient
60 dans la plus extrême misère; ils avaient bien vite mangé leurs
trois mille piastres, s'étaient quittés, s'étaient raccommodés,

45 : *disséquer* (v.t.) : ici, du latin *dissecare* couper en deux. Allusion à la dissection de Pangloss après sa pendaison.

45 : *ramer* : ici, faire avancer un bateau au moyen de la rame.

45 : *galère* : ici, peine des criminels condamnés autrefois à ramer sur les galères de l'Etat. Le bagne ou travail forcé.

————— *LE FOND DU PROBLÈME : L'ENNUI* —————

16

● Candide cherche en fondant sa « *petite société* » à éviter « *trois grands maux* » :
— le mal matériel, c'est à dire le besoin,
— le mal moral, c'est à dire le vice,
— mais plus encore le mal métaphysique : l'ennui.

Dans sa première formule de communauté, il semblait avoir surmonté les deux premiers ; mais c'est pour tomber dans le troisième.

✦ *L'ennui, fatalité psychologique*

C'était déjà l'analyse de **Pascal** (*Pensée* 139 : « *L'homme est si malheureux qu'il s'ennuierait, même sans aucune cause d'ennui, par l'état propre de sa complexion* »). L'existence calme et monotone provoque le regret des agitations douloureuses. (On retrouvera l'idée dans **Vigny** : *Le Mont des Oliviers*

 « *Et pourquoi nul sentier entre deux larges voies,*
 Entre l'ennui du calme et des paisibles joies,
 Et la rage sans fin des vagues passions,
 Entre la **léthargie** *et les* **convulsions ?** »

✦ *Le remède à l'ennui* :

Si Voltaire est d'accord sur le diagnostic* de Pascal, il s'est élevé depuis longtemps contre sa thérapeutique*. Dans la XXVᵉ *lettre philosophique* il il affirme : « *Il est impossible à la nature humaine de rester dans cet engourdissement imaginaire... L'homme est né pour l'action comme le feu tend en haut et la pierre en bas. N'être point occupé et n'exister pas est la même chose pour l'homme* ». Il ajoute même que l'auteur de la Nature « *a attaché l'ennui à l'inaction afin de nous forcer par là à être utile au prochain et à nous-même.* » Naturellement toutes les occupations ne se valent pas, « *douces ou tumultueuses, dangereuses ou utiles* », mais tout est préférable à l'inertie : « *la dissipation est un remède plus sûr contre la douleur que le quinquina contre la fièvre* ».

● **48**

s'étaient brouillés, avaient été mis en prison; s'étaient enfuis
et enfin frère Giroflée s'était fait turc. Paquette continuait
son métier partout, et n'y gagnait plus rien. « Je l'avais
65 bien prévu, dit Martin à Candide, que vos présents seraient
bientôt dissipés et ne les rendraient que plus misérables.
Vous avez regorgé de millions de piastres, vous et Cacambo,
et vous n'êtes pas plus heureux que frère Giroflée et Pa-
quette. — Ah! ah! dit Pangloss à Paquette, le Ciel vous
70 ramène donc ici parmi nous, ma pauvre enfant! savez-vous
bien que vous m'avez coûté le bout du nez, un œil, et une
oreille? Comme vous voilà faite! eh! qu'est-ce que ce
monde! » Cette nouvelle aventure les engagea à philoso-
pher plus que jamais.

75 Il y avait dans le voisinage un derviche très fameux qui
 passait pour le meilleur philosophe de la Turquie; ils allè-
 rent le consulter; Pangloss porta la parole et lui dit : « Maî-
 tre, nous venons vous prier de nous dire pourquoi un aussi
 étrange animal que l'homme a été formé. — De quoi te
80 mêles-tu? lui dit le derviche; est-ce là ton affaire? — Mais,
 mon révérend père, dit Candide, il y a horriblement de mal
 sur la terre. — Qu'importe, dit le derviche, qu'il y ait du
 mal ou du bien? Quand Sa Hautesse envoie un vaisseau en
 Egypte, s'embarrasse-t-elle si les souris qui sont dans le
85 vaisseau sont à leur aise ou non? — Que faut-il donc faire?
 dit Pangloss. — Te taire, dit le derviche. — Je me flattais, dit
 Pangloss, de raisonner un peu avec vous des effets et des
 causes, du meilleur des mondes possibles, de l'origine du
 mal, de la nature de l'âme, et de l'harmonie préétablie. »
90 Le derviche, à ces mots, leur ferma la porte au nez.

 Pendant cette conversation, la nouvelle s'était répandue
 qu'on venait d'étrangler à Constantinople deux vizirs du
 banc et le muphti, et qu'on avait empalé plusieurs de leurs
 amis. Cette catastrophe faisait partout un grand bruit pen-
95 dant quelques heures. Pangloss, Candide, et Martin, en re-
 tournant à la petite métairie, rencontrèrent un bon vieil-
 lard qui prenait le frais à sa porte sous un berceau d'orangers.
 Pangloss, qui était aussi curieux que raisonneur, lui demanda
 comment se nommait le muphti qu'on venait d'étrangler.
100 « Je n'en sais rien, répondit le bonhomme; et je n'ai jamais
 su le nom d'aucun muphti ni d'aucun vizir. J'ignore absolu-
 ment l'aventure dont vous me parlez; je présume qu'en
 général ceux qui se mêlent des affaires publiques périssent
 quelquefois misérablement, et qu'ils le méritent; mais je
105 ne m'informe jamais de ce qu'on fait à Constantinople; je
 me contente d'y envoyer vendre les fruits du jardin que je
 cultive. » Ayant dit ces mots, il fit entrer les étrangers dans
 sa maison; ses deux filles et ses deux fils leur présentèrent
 plusieurs sortes de sorbets qu'ils faisaient eux-mêmes, du
110 kaïmak piqué d'écorces de cédrat confit, des oranges, des
 citrons, des limons, des ananas, des pistaches, du café de
 Moka qui n'était point mêlé avec le mauvais café de Batavia
 et des îles. Après quoi les deux filles de ce bon musulman
 parfumèrent les barbes de Candide, de Pangloss, et de Mar-
115 tin.

 « Vous devez avoir, dit Candide au Turc, une vaste et
 magnifique terre? — Je n'ai que vingt arpents, répondit le
 Turc; je les cultive avec mes enfants; le travail éloigne de
 nous trois grands maux, l'ennui, le vice, et le besoin. »
120 Candide, en retournant dans sa métairie, fit de profondes
 réflexions sur le discours du Turc. Il dit à Pangloss et à
 Martin : « Ce bon vieillard me paraît s'être fait un sort

75 : *derviche* (n.m.) : religieux musulman.

77 : *consulter* (v.t.) : prendre avis, conseil de quelqu'un.

81 : *révérend-père* (n.) : titre d'honneur donné aux religieux chrétiens. Plaisant à-peu-près pour un musulman.

85 : *aise (être à son aise)* (n.f.) : absence de gêne, état agréable.

86 : *se flatter (de)* (v.pr.) : se vanter prétendre.

89 : *harmonie préétablie* : système philosophique d'après lequel Leibniz suppose qu'il existe une correspondance préétablie par Dieu entre les lois du corps et celles de l'âme.

93 : *du banc* : ici, banc est pris au sens de Divan, c'est dire Conseil de l'Empire ottoman.

93 : *muphti* (n.m.) : prêtre musulman chargé du maintien de la loi religieuse.

93 : *empaler* (v.t.) : enfoncer dans le fondement d'un supplicié un pieu, ou pal, qui traverse les entrailles.

94 : *catastrophe* (n.f.) : événement soudain et funeste.

94 : *grand bruit* (n.m.) : ici, éclat, retentissement.

97 : *prendre le frais* : respirer l'air frais du dehors. Substantif masculin pour l'air frais, la fraîcheur.

97 : *berceau (d'orangers)* : ici, voûte formée par les branches d'orangers en forme d'arc en plein cintre.

109 : *sorbet* (n.m.) : boisson à demi-glacée à base de sucre ou de jus de fruits

110 : *kaimak* : friandise turque.

110 : *écorce* (n.f.) : ici, enveloppe d'un fruit, le cédrat.

110 : *cédrat* (n.m.) : fruit du cédratier, sorte d'énorme citron à peau épaisse, utilisé pour la confiserie.

110 : *confit* (adj.) : conservé longuement dans le sucre.

111 : *limon* (n.m.) : de l'arabe lima : sorte de citron juteux.

111 : *ananas* (n.m.) : fruit volumineux, très parfumé, cultivé dans beaucoup de pays chauds.

111 : *pistache* (n.f.) : graine comestible d'une espèce de pistachier, utilisée en confiserie.

114 : *parfumer* (v.t.) : ici, imprégner d'un parfum.

117 : *arpent* (n.m.) : ancienne mesure agraire qui valait 100 perches, soit 42,21 ares.

119 : *maux* : pluriel de mal, ici, calamité.

119 : *besoin* (n.m.) : ici, indigence, dénuement.

122 : *sort* (n.m.) : ici, destinée.

────── *ASPECTS NÉGATIFS DE CETTE CONCLUSION* ──────

75

● **LES REFUS DE VOLTAIRE**

✦ *Refus de la métaphysique*

Très tôt Voltaire a eu le sentiment de son inutilité. Dès les **Lettres philosophiques** il prend parti pour Locke et Newton contre ceux qui font « le roman de l'homme ». En 1736 il écrit à Frédéric II :

« *Il n'y a pas d'apparence que les premiers principes des choses soient jamais bien connus. Les souris qui habitent quelques petits trous d'un bâtiment immense ne savent ni si ce bâtiment est éternel, ni quel en est l'architecte, ni pourquoi cet architecte a bâti. Nous sommes les souris et le divin architecte qui a bâti cet univers n'a pas encore, que je sache, dit son secret à chacun de nous* ».

Même scepticisme dans **Zadig,** (chapitre XX) et dans **Micromégas.** Aux hypothèses hasardeuses il faut préférer l'observation et l'expérience. Surtout à la curiosité vaine, il faut substituer la sagesse utile :

« *J'ai beaucoup lu, je n'ai trouvé qu'incertitude, mensonge, fanatisme. Je suis à peu près aussi savant sur ce qui regarde notre être que je l'étais en nourrice. J'aime mieux planter, semer ,bâtir* ».

✦ *Refus de la politique*

— Les exemples étant orientaux, on songe à la brutalité capricieuse du despotisme* oriental. L'instabilité* des dignitaires* dans l'empire ottoman est proverbiale (voir **Guer**, *Mœurs des Turcs*).

— Mais naturellement Voltaire pense aussi à la fragilité des carrières en France, à la succession rapide des ministres sous Louis XV : « *J'entends parler quelquefois des révolutions de la cour, et de tant de ministres qui passent en revue rapidement, comme dans une lanterne magique* » (27 décembre 1758).

D'ailleurs ses propres expériences de Versailles et de Berlin sont encore proches et douloureuses.

✦ **Conclusion :**

donc si le premier mot de la sagesse est le silence (*« te taire »,* dit le derviche),le second est *la retraite.*

● **159**

bien préférable à celui des six rois avec qui nous avons eu l'honneur de souper. — Les grandeurs, dit Pangloss, sont
125 fort dangereuses, selon le rapport de tous les philosophes : car enfin Eglon, roi des Moabites, fut assassiné par Aod; Absalon fut pendu par les cheveux et percé de trois dards; le roi Nadab, fils de Jéroboam, fut tué par Baza ; le roi Ela, par Zambri; Ochosias, par Jéhu; Athalia, par Joïada; les
130 rois Joachim, Jéchonias, Sédécias, furent esclaves. Vous savez comment périrent Crésus, Astyage, Darius, Denys de Syracuse, Pyrrhus, Persée, Annibal, Jugurtha, Arioviste, César, Pompée, Néron, Othon, Vitellius, Domitien, Richard II d'Angleterre, Edouard II, Henri VI, Richard III, Marie
135 Stuart, Charles premier, les trois Henri de France, l'empereur Henri IV? Vous savez... — Je sais aussi, dit Candide, qu'il faut cultiver notre jardin. — Vous avez raison, dit Pangloss; car quand l'homme fut mis dans le jardin d'Eden, il y fut mis *ut operaretur eum,* pour qu'il travaillât : ce qui prouve que

127 : *dard* (n.m.) : ici, hampe de bois armée d'une pointe de fer, qu'on lançait à la main.

▲ Voltaire « couronné » (Ph. Roger-Viollet).

140 l'homme n'est pas né pour le repos. — Travaillons sans rai-
sonner, dit Martin; c'est le seul moyen de rendre la vie sup-
portable. »

Toute la petite société entra dans ce louable dessein;
chacun se mit à exercer ses talents. La petite terre rapporta
145 beaucoup. Cunégonde était, à la vérité, bien laide; mais elle
devint une excellente pâtissière; Paquette broda; la vieille
eut soin du linge. Il n'y eut pas jusqu'à frère Giroflée qui ne
rendît service; il fut un très bon menuisier, et même devint
honnête homme; et Pangloss disait quelquefois à Candide :

150 « Tous les événements sont enchaînés dans le meilleur des
mondes possibles : car enfin si vous n'aviez pas été chassé
d'un beau château à grands coups de pied dans le derrière
pour l'amour de mademoiselle Cunégonde, si vous n'aviez pas
été mis à l'Inquisition, si vous n'aviez pas couru l'Amérique
155 à pied, si vous n'aviez pas donné un bon coup d'épée au baron,
si vous n'aviez pas perdu tous vos moutons du bon pays
d'Eldorado, vous ne mangeriez pas ici des cédrats confits
et des pistaches. — Cela est bien dit, répondit Candide,
mais il faut cultiver notre jardin. »

L'ASPECT POSITIF DE CETTE CONCLUSION

● **LA SAGESSE PRATIQUE**

✦ *Un constat de médiocrité*

Dans tout le roman, Voltaire a ruiné par les faits les thèses extrêmes de
Leibniz. Ici il évite de tomber dans l'excès inverse, qui serait de conclure
au « *pire des mondes* ». Certes, la vie n'est pas bonne, et même de la paix
retrouvée naît l'ennui. Mais elle n'est pas horrible ; les catastrophes sont
finalement réduites aux proportions de désagréables mésaventures*. Même
les morts ont été « *mal tués* » (**Lanson**) et reviennent au rendez-vous final.

Bref, la vie est tout simplement médiocre.

✦ *Un humble moyen de la rendre tolérable*

Le travail, l'attachement à la tâche journalière, dans le petit domaine qui
est à notre portée, la coopération à une œuvre utile qui profite à la société.

Il ne s'agit pas de résignation, mais d'activité, de travail, d'énergie. A. Morize
suit le cheminement de cette idée dans la correspondance de Voltaire :

— « *Plus j'avance dans la carrière de la vie et plus je trouve le travail nécessaire.
Il devient à la longue le plus grand des plaisirs et tient lieu de toutes les illu-
sions qu'on a perdues* » *(15 août 1752)*

— « *J'ai toujours regardé le travail comme la plus grande consolation pour les
malheurs inséparables de la condition humaine* » *(6 février 1754)*

✦ *La marque personnelle de « Voltaire jardinier »* (Morize).

Parmi les formes d'activité féconde, ce n'est pas un hasard si **Voltaire** choisit,
comme symbole exemplaire, le jardinage. Depuis son installation aux Dé-
lices et à Ferney, sa sagesse est celle de Candide :

« *Heureux qui vit avec ses nièces, ses livres, ses jardins, ses vignes, ses chevaux,
ses vaches... J'aime mieux gronder mes jardiniers que faire ma cour aux rois* »
(9 août 1756)

« *Que faire à tout cela ? Cultiver son jardin et sa vigne* » *(4 juin 1757)*

« *Je sais seulement que la terre tremble et que les hommes ensanglantent sa
surface depuis longtemps. Je plante en paix des jardins* » *(11 novembre 1758)*

« *Tout ce que vous avez de mieux à faire sur la terre, c'est la cultiver* ».

OUVRAGES CLASSIQUES

DE L'ÉLÉGANT POËTE

MR. AROUET,

FAMEUX SOUS LE NOM

DE VOLTAIRE.

NOUVELLE EDITION.

Ces Ecrits chez les Hommes éternisent sa gloire ;
Sans d'autres que l'on nomme d'inutile memoire. I.
PH

TOME PREMIER.

A OXFORD,

POUR LES ACADEMICIENS.

M DCC LXXI.

LE VOCABULAIRE DE VOLTAIRE

● Son étude systématique donne des indications précieuses sur la pensée du philosophe.

Caricature : dessin qui, par le trait et le choix des détails, accentue les aspects humoristiques ou déplaisants d'un personnage.

Déisme (ou *religion naturelle*) : croyance à un être suprême mais qui refuse les dogmes révélés et les pratiques du culte.

Ennui : malaise créé par l'inaction, lassitude morale de l'homme confronté avec sa destinée.

Esclavage : « L'esclavage proprement dit est l'établissement d'un droit qui rend un homme tellement propre à un autre homme qu'il est le maître absolu de sa vie et de ses biens » **(Montesquieu)**. La condition servile était réservée aux noirs à l'époque de la « traite ».

Exotisme : goût des gens et des choses qui n'appartiennent pas à nos civilisations d'Occident : usages, mœurs, art qui dépaysent.

Fanatisme : zèle aveugle et intolérant pour une croyance religieuse, au mépris de la raison et de l'humanité.

Folliculaire : mauvais journaliste, pamphlétaire sans talent et sans scrupule.

Goût : discernement, sentiment du beau, délicatesse esthétique. Pour Voltaire le bon goût est classique.

Inquisition : juridiction ecclésiastique d'exception instituée par le Pape Grégoire IX pour la répression des crimes religieux : hérésie, apostasie, sorcellerie, magie.

Ironie : manière de railler qui consiste souvent à dire le contraire de ce que l'on veut faire entendre.

Jésuite : membres de la Compagnie de Jésus fondée en 1534 par Ignace de Loyola. Le terme était souvent péjoratif à cause des hypocrisies casuistiques* pratiquées par ces religieux.

Manichéisme : doctrine d'origine persane pour laquelle le bien et le mal, Dieu et le Diable, sont deux principes fondamentaux égaux et antagonistes.

Métaphysique : recherche qui va au-delà de la physique, qui transcende l'expérience, c'est-à-dire qui vise à découvrir une vérité absolue.

Nature : l'état de l'homme tel qu'il fut à sa création ; état antérieur à la culture, à la civilisation, tel qu'on le retrouve aujourd'hui chez les « sauvages » primitifs.

Optimisme : doctrine selon laquelle ce monde est le meilleur des mondes possibles (Leibniz) ; plus généralement tendance à ne voir que le bon côté des choses.

Pacifisme : doctrine selon laquelle il n'est pas de pire mal que la guerre, et qu'elle doit être évitée à tout prix.

Pessimisme : aux antipodes de l'optimisme, plus enfoncée dans le désespoir que le manichéisme, c'est la doctrine qui ne voit que du mal dans le monde.

Providence : prévoyance divine — sage gouvernement de Dieu à qui nous devons faire confiance pour administrer au mieux sa création. « Tout est pour le mieux dans le meilleur des mondes possible », donc le progrès n'est pas possible.

Thèse : théorie particulière que l'on se propose de démontrer par une série d'arguments ; un roman à thèse est donc l'illustration d'une théorie abstraite.

Utopie : le mot signifie « nulle part » : c'est le nom d'un pays inventé par Thomas Morus, et, plus généralement, un pays imaginaire où un gouvernement idéal règne sur un peuple heureux.

Frontispice d'une édition des œuvres de Voltaire publiée à Oxford en 1771 (*Ph. Roger-Viollet*).

LEXIQUE

Liste des mots employés dans les explications du roman et qui ne se trouvent pas dans le dictionnaire de Gougenheim. Ces mots sont, la première fois qu'ils apparaissent suivis d'un astérisque (*), *n* : nom, *m.* : masculin, *f.* : féminin, *v* : verbe, *adj.* : adjectif.

affecter : *v.* faire semblant.

allusion : *n.f.* mot ou phrase qui évoque quelqu'un ou quelque chose sans le nommer.

anticléricalisme : *n.m.* hostilité systématique au clergé. Polémique contre les prêtres.

apostolat : *n.m.* fait de se vouer à la propagation d'une doctrine.

apologue : *n.m.* récit à intention moralisatrice.

apologie : *n.f.* défense ou éloge d'une personne ou d'une idée.

approximation : *n.f.* estimation peu rigoureuse, par à-peu-près.

arsenal : *n.m.* atelier pour la fabrication des armes. Dépôt d'armes.

atrocité : *n.f.* action cruelle, horrible.

atterrer : *v.* jeter dans l'abattement, la consternation, la stupéfaction.

austère : *adj.* sévère, rigide, rigoureux.

burlesque : *adj.* d'un comique outré, extravagant.

caille : *n.f.* oiseau (fig.) terme d'affection appliqué à une jeune femme.

calamité : *n.f.* grand malheur, désastre.

canaille : *n.f.* personne digne de mépris, individu sans scrupules.

châtiment : *n.m.* punition.

cinglante (ironie) : *adj. f.* critique blessante.

décaler : *v.* déplacer dans l'espace ou dans le temps par rapport à un repère donné.

déclencher : *v.* mettre en mouvement.

décrépitude : *n.f.* décadence, vieillesse.

despotisme : *n.m.* pouvoir souverain qui s'exerce arbitrairement.

désuétude : *n.f.* abandon des choses dont on ne fait plus usage depuis longtemps.

détrôner : *v.* enlever du trône, c'est-à-dire de la royauté.

diagnostic : *n.m.* détermination d'une maladie d'après ses symptômes.

dialectique : *n.m.* quête de la vérité par demandes et réponses.

dignitaire : *n.m.* homme pourvu d'une haute dignité dans la société.

disciple : *n.m.* sorte d'élève.

ecclésiastique : *n.m.* qui appartient au clergé.

enrôler : *v.* amener quelqu'un à s'engager dans une troupe ou un parti.

épisode : *n.m.* fait accessoire, qui se rapporte à une action d'ensemble.

esquisser : *v.* faire un dessin sommaire indiquant le plan d'une œuvre.

étayer : *v.* appuyer, soutenir (un étai est une poutre d'appui).

euphémisme : *n.m.* affirmation atténuée.

factice : *adj.* fait artificellement à l'imitation de la nature.

fantoche : *n.m.* (du latin : poupée) marionnette articulée que l'on meut à l'aide de fils. (fig.) : individu qui ne mérite pas d'être pris au sérieux.

faune : *n.f.* ensemble des animaux particuliers à une région. (fig.) : ensemble des personnages plus ou moins bizarres caractéristiques d'une société.

feint : *adj.* déguisé, plein d'artifices.

fioriture : *n.f.* ornement accessoire ajouté à volonté.

fustiger : *v.* battre à coups de verges, de bâton, de fouet.

genèse : *n.f.* système comogonique expliquant la formation du monde. (par extension) naissance et formation de quelque chose.

grotesque : *adj.* comique grossier, obtenu en contrefaisant le naturel.

hanter : *v.* fréquenter de façon constante — d'où assiéger, obséder l'esprit.

hétérogène : *adj.* qui est de nature, de race différente, dissemblable.

impassibilité : *n.f.* qualité de celui qui reste insensible aux émotions et à la douleur.

impulsif : *adj.* qui agit sous la pression de mouvements spontanés et irréfléchis.

incarnation : *n.f.* action par laquelle l'esprit se fait chair, apparaît sous une forme matérielle.

incontinence verbale : *n.f.* impossibilité de retenir ses paroles.

inopiné : *adj.* auquel on ne s'attend pas.

insolite : *adj.* contraire aux habitudes, surprenant.

instabilité : *n.f.* manque de stabilité, équilibre fragile, aussi bien au sens physique qu'au sens moral.

lapidaire : *adj.* expression brève et ramassée (comme sur les pierres gravées).

lénifiant : *adj.* capable d'adoucir, d'apaiser, de calmer.

maint : *adj.* nombreux.

manichéen : *adj.* caractérise le dualisme, c'est-à-dire un système dans lequel le bien et le mal sont des principes fondamentaux et antagonistes.

mésaventure : *n.f.* aventure malheureuse.

missionnaire : *n.m.* prêtre chargé d'une mission d'évangélisation chez les peuples ignorants de la religion.

mnémotechnique : *adj.* qui aide la mémoire par des procédés mécaniques.

objectivité : *n.f.* qualité de celui qui considère les choses en elles-mêmes sans les fausser par un point de vue trop personnel.

pamphlétaire : *n.m.* auteur d'un pamphlet, petit écrit satirique et violent.

providentialisme : *n.m.* doctrine qui fait toute confiance à la Providence de Dieu, explication optimiste de tous les événements.

polémique : *n.f.* lutte ardente dans le domaine des idées et de la politique.

panique : *n.f.* peur prodigieuse qui fait perdre tout sang-froid.

raz de marée : *n.m.* soulèvement puissant et soudain des eaux de la mer.

rebellion : *n.f* résistance violente et soulèvement contre les agents de l'autorité.

refrain (funèbre) : *n.m.* répétition de mots. de vers ou de strophes dans le cours d'une chanson ; ici il s'agit d'une chanson de deuil.

relayer : *v.* prendre la place de quelqu'un au cours d'un travail ou d'un effort.

rehausser : *v.* relever, ranimer, donner plus d'éclat.

remaniement : *n.m.* action de remanier, de changer, modifier, retoucher.

renchérir : *v.* dire ou faire plus qu'un autre.

savoureux : *adj.* qui a une saveur agréable. (fig.) : qui provoque du plaisir.

sclérose : *n.f.* induration pathologique, durcissement d'un tissu. (fig.) : manque de souplesse et de nuances.

spoliateur : *n.m.* personne qui dépossède quelqu'un par fraude ou violence.

ternaire : *adj.* composé de trois unités.

tête de turc : *n.f.* objet de risée ou d'ironie.

thérapeutique : *n.f.* partie de la médecine qui concerne la manière de soigner les maladies.

tiroirs (à) : *n.m.* qui utilise des scènes interchangeables, qui n'ont pas grand rapport entre elles, et dont l'ordre est arbitraire.

vicissitudes : *n.f.* révolutions par lesquelles les choses se succèdent.

voirie : *n.f.* lieu où l'on dépose les ordures ramassées sur la voie publique.

Déclaration de Voltaire aux approches de la mort

▼ *(Ph. Chaumien).*

Je meurs en adorant Dieu, en aimant mes amis, en ne haïssant pas mes ennemis, en détestant la superstition 1778.5

· Voltaire

BIBLIOGRAPHIE

- TROIS ÉDITIONS ESSENTIELLES

Dès 1759, nous connaissons une vingtaine d'éditions de *Candide*, auxquelles il faut ajouter une traduction italienne et une traduction anglaise.

De 1759 à la mort de Voltaire, en 1778, vingt autres prouvent l'immense succès de l'ouvrage. Mais trois éditions seulement revêtent une importance particulière :

1759 C'est l'édition originale, publiée par les frères Cramer, imprimeurs ordinaires de Voltaire à Genève. D'après les recherches de Bernard Gagnebin, elle était achevée le 15 janvier 1759 (voir illustration, p. 2 de couverture).

1761 En mars 1761, les Cramer impriment un *Candide* augmenté sous le titre nouveau : *Candide ou l'optimisme, traduit de l'allemand de M. le Docteur Ralph, avec les additions qu'on a trouvées dans les poches du docteur, lorsqu'il mourut à Minden l'an de grâce 1759.* Cette réimpression de l'édition de 1759 corrige une douzaine de détails, mais surtout ajoute une dizaine de pages au chapitre XXII où l'attaque contre les contemporains se fait plus violente.

1771 C'est la dernière édition surveillée et légèrement corrigée par Voltaire : elle s'insère dans le tome XIII de la grande édition in 4° de Genève-Paris (pp. 140-230). L'édition « encadrée » de 1775 et l'édition de Kehl (1785) la reproduiront rigoureusement.

- QUELQUES ÉTUDES SUR VOLTAIRE ET CANDIDE

✦ **A. Bellessort** : *Essai sur Voltaire*, Perrin, 1926.

T. Bestermann : *Voltaire*, Longmans, Londres, 1969.

D.A. Bonneville : *Voltaire and the Form of the Novel*, Voltaire's Foundation, Oxford, 1976.

R. Brooks : *Voltaire and Leibniz*, Droz, Genève, 1964.

P.-G. Castex : *Etude des romans de Voltaire*, C.D.U., 1960.

J.L. Curtis : *La providence : vicissitudes du dieu voltairien*, Banbury, Voltaire's Foundation, 1974.

G. Desnoiresterres : *Voltaire et la société au XVIIIᵉ siècle*, 4 vol., Genève, 1961.

P.G. Henr : *Voltaire and Camus : the limits of reason and the awareness of absurdity*, Banbury, Voltaire's Foundation, 1975.

H.T. Mason : *Pierre Bayle and Voltaire*, 1963. *Voltaire*, Hutchinson, Londres, 1975.

A. Maurois : *Voltaire*, Gallimard, 1945.

H. Meyer : *Voltaire on war and peace*, Voltaire's Foundation, Banbury, 1976.

R. Naves : *Voltaire, l'homme et l'œuvre*, Hatier, 1942.

J. Orieux : *Voltaire ou la royauté de l'esprit*, Flammarion, 1966.

R. Pomeau : *Voltaire par lui-même*, Seuil, 1955. *La religion de Voltaire*, Nizet, 1969.

C. Thacker : *Voltaire*, Routledge & Kegan Paul, Londres, 1971.

N.L. Torrey : *The Spirit of Voltaire*, Oxford University Press, 1953.

✦ *Candide*, édition critique avec introduction et notes par **A. Morize**, Droz, 1931.

Candide, édition critique et commentée par **René Pomeau**, Nizet, 1959.

Ira O. Wade : *Voltaire and Candide a study in the Fusion of History, Art and Philosophy*, Princeton University Press, 1959.

Georges Chopitrayanu : *Essai sur Candide*, Nizet, 1957.

I.V. Bottiglia : *Candide, Analysis of a Classic*, 1964.

Pol Gaillard : *Candide, analyse critique*, Hatier, 1972.

Geoffrey Murrey : *Voltaire's Candide : the Protean Gardener, 1755-1762*, Institut et Musée Voltaire, Genève, 1970.

Imprimé en France par OFFSET-AUBIN à Poitiers. D.L., avril 1985. Imprimeur, n° P13438